日記

蛍ヒカル

郁朋社

日記／目次

装丁／根本比奈子

日記

第一章　プロローグ

ベーカー・春絵は社長室の窓から札幌の街を見下ろしていた。会社は今日から、年末年始の休みに入っている。心配していた二〇〇〇年問題も起きないまま、二十世紀最後の年の瀬を迎えた。今のところ飛行機は落ちていないし、大規模停電も起きていない。

窓のサッシは遮音効果に優れ、街の騒音は聞こえない。外の夜景が、無音で見ている動画と化している。もうすぐ八時を過ぎるが、独身の彼女には、帰宅を待っている家族はいなかった。

春絵の養父はトマス・ベーカーというアメリカ人で、養母は静子という日本人だ。トマスは静子を深く愛していたから、彼女が子供の産めない体であることを承知の上で結婚した。昭和二十一年に、トマスは妻を伴い駐留軍の通訳として来道した。赴任先は札幌の真駒内《まこまない》にある「キャンプ・クロフォード」だった。

春絵が四歳になると、トマスは軍を退役した。けれどもアメリカには帰らず、札幌に残り、翌年になって貿易会社の「ベーカー商会」を立ち上げた。

春絵が七歳になった時、養父は初めて実母のことを教えてくれた。

「春ちゃんを産んでくれたのは、もう一人のお母さんだよ。そのお母さんも日本人で、春絵という名前を付けたんだ。生まれたのは昭和二十一年五月一日で、その年の十二月から私たちの子供になったんだよ」

それからすぐに、付け足した。

「お父さんは春絵が生まれる前に死んだそうだ」

春絵はこくんと頷いてから、さっきから気になっていたことを口にした。

「私を産んだお母さんは、私のことを嫌いになったの？」

「いや、そうじゃないよ。とても深く愛していたけど、重い病気になったから、お前を育てられなかったんだ」

「それで、そのお母さんは、病気で死んじゃったの？」

重ねて訊くと、養父は「かわいそうだけど、助からなかったんだよ」と返事をした。

養父母はこれ以上のことを教えてくれなかった。

両親の死を聞かされても、春絵は〈二人とも死んじゃうなんてかわいそう〉と思っただけだった。実の両親といっても、写真に残された顔さえも見たことがない。七歳の子供にしてみれば、顔の知らない親の死をイメージすることは無理な話だった。だから自分を、不幸な孤児だとは思わなかった。

トマスも静子も、実の子供に対するのと同じか、むしろそれ以上に愛情を注いでくれるから、そんな気持ちは微塵も起きなかった。

四年前に、長年社長を務めたトマスが引退すると、その時副社長だった春絵が社長に昇格し、今日に至っている。静子は二年前に他界し、トマスも昨年妻の後を追った。

自分の髪の色と瞳の色、それに目鼻立ちを見ると、実父は欧米人らしいが、今になっても、名前はもちろん国籍さえも分かっていない。

その時、机上の電話が鳴った。

春絵は体をびくっとさせると、振り向いて受話器を手に取った。一瞬胸の中を黒い影がよぎった。

「もしもし、大木です」

電話の主は、先代から会社の顧問弁護士を務めている大木正也だった。もう還暦を過ぎているが、今でも有能な仕事ぶりを発揮する。

「大木さん、どうしたの？　こんな日の、こんな時間に」

「実は、先代の社長から頼まれていたことがあるんです。それを実行する日が来ました。これからすぐに、札幌ポプラ病院まで来ていただけませんか。病室は最上階の八〇一号室です」

「分かった。とても重大なことみたいだね。すぐにタクシーで行きます。詳しい話は病院で聞くことにします」

素早く身支度を整えると、バッグを持って、社長室を後にした。

〈病室のベッドに横たわっているのは、一体誰なのだろうか〉

春絵はタクシーの中で、あれこれ考えを巡らせた。

〈父が生前に顧問弁護士に頼んだくらいだから、よほど私に会わせたい人間に違いない〉

こう思ったが、自分には、兄弟も、親しくしている親戚もいなかったから、該当する人間は思い浮かばない。けれども、ベッドの人間が誰であろうとも、養父の頼みとあっては、否も応もなかった。

ポプラ病院は中島公園のそばにあった。できたばかりの病院だから、ホテルと見まがうほどの外観をしている。

タクシーを降りると、強い冷気を頬に感じた。春絵はコートの襟をかき合わせると、空を見上げた。新月の夜だった。瞬く星を見ていたら、天上からハープの音色が聴こえてきた。

八階でエレベーターを降りると、小走りで病室に向かった。八〇一号室は突き当たりの個室だった。ノックをしてからドアを開けると、待っていた大木が、さっと立ち上がって頭を下げた。

彼女は大木と話す前に、ちらりとベッドに目を向けた。

高齢の女が横たわっていた。

春絵は一瞬、〈私の実母かもしれない〉と思ったが、すぐにこの考えを打ち消した。本当の母親は、重い病気にかかって、ずっと昔に亡くなっていることを、子供の頃に養父から聞かされていた。

改めて、枕元のネームプレートに目を走らせると、患者の名前は「藤田美和子」となっていた。

意外さのあまり、もう一度患者の顔を見直した。それから深く頷いた。

〈間違いない。すっかりやせて、三年前とは人相が変わってしまったが、よく見たら「デニソフ通商」に勤めていた美和子さんだ〉

春絵が四歳になった時、トマスは軍を退役すると、藻岩山《もいわやま》の麓にある一軒家に引っ越した。ここから一番近い小学校が山鼻小学校だった。春絵が入学した時、藤田美和子はこの学校で教師をしていた。それからしばらくして、美和子は教師を辞めると、デニソフ通商という貿易会社に入社した。やがてこの会社は、ベーカー商会と取引を始めた。

春絵は大学を出て父の会社で働くようになると、仕事の関係で、月に一度くらいの頻度で美和子に会っていた。しかし三年くらい前に、突然美和子から「私はデニソフ通商を辞めました。長い間お世話になりました」と記しただけの葉書を受け取った。何度も連絡をとろうとしたが、電話は繋がらず、アパートも引き払っていたので、美和子の行方は分からなかった。

春絵の頭にひらめくものがあった。

〈やはり、そうだったのか。私の実母が病死したというのはうそで、藤田美和子が私を産んだ女《ひと》なのだ。美和子さんは私のことを、他人にしては異常とも思えるくらいに可愛がってくれた〉

しかし、正直者の養父が七歳の子供にうそをつくとは思えなかったから、藤田美和子が自分の実母である、という考えに自信をもてなかった。

春絵は頭を混乱させたまま、ベッドの人間とネームプレートに視線を往復させた。

さっきから春絵の顔を窺っていた大木が、ようやく口を開いた。

「藤田美和子さんが危篤になったら、彼女の枕元に春絵を呼んでほしい。その時娘にこの日記帳を全部渡してくれないか。……ベーカーさんは、生前こんなことを私に依頼されました」

彼はバッグを開くと、中のものを取り出した。紐で縛られた数冊の日記帳が、透明ビニール袋に密封されていた。封印にはトマスのサインが記されている。

春絵が受け取ってよく見ると、表紙には「美和子の日記」と書かれ、背中に通し番号が付いている。全部で六冊もあった。一冊目から三冊目はサイズも種類も不揃いだが、残りの三冊は全部同じ種類の日記帳だった。一冊目の表紙は、変色して、破れかかって、ところどころセロテープで補修されていた。

「父はどうして、美和子さんの入院先を知っていたのだろう」

春絵の独り言を聞きつけた大木が教えてくれた。

「私にも分かりません。私が頼まれていたのは、医者から連絡が来たら、春絵さんを藤田さんに会わせること、それと日記帳を春絵さんに渡すことだけです。これ以外のことは、何も聞いていません。……ところで、さっき主治医から聞いたのですけど、藤田さんは末期ガンだそうです。今日の午後から昏睡状態になって、この先意識が戻ることはないだろう、と言っていました」

「親戚の人とかは来ていないの?」

「私、夕方から、ずっとここに居るんですが、誰も来ていません。ナースステーションに電話もないそうです」

春絵は顔を曇らせた。孤独のままで最期を迎えようとしている美和子が哀れになった。

〈肉親や親戚はいなかったのか〉

藤田美和子が赤の他人だとしても、小学生の時に命を助けてもらったし、仕事の上でも大変世話になったから、ほかに誰も来ないのなら、自分が看取ってもよい。何よりも、養父の遺言に背くわけにはいかなかった。

大木はほっと息を吐き出すと、頭を下げた。

「これで私の役目は終わりました」

空のバッグを持ってドアに向かったが、途中で振り返ると、春絵に訊いた。

「社長はこれから、どうなさるおつもりですか？」

「とにかく、ここにある日記を読むことにします。そうすれば何もかもはっきりするでしょう」

「そうですか。それじゃ、夜食か何かを買ってきましょうか」

春絵は片手を左右に振った。

「さっき廊下で、コーヒーの自販機を見たから、それで十分。大木さんはもう帰っていいですよ。暮れの忙しい時に、ご苦労さまでした」

「どういたしまして。家にいたら大掃除でこき使われますから、こっちのほうが楽でしたよ」

大木が病室を出ると、春絵はビニール袋を破り、素早い手付きで紐を解いた。一冊目の日記帳を手に持って、そばにあった丸椅子に腰を下ろした。

ページをぱらぱらと捲ってみた。かなり年月が経っているらしく、紙の色が茶褐色になっていた。鉛筆書きの本文に、ところどころペンで書かれた説明文が付いている。後になって、書き足したものらしい。

春絵は背筋を伸ばして気を引き締めると、一ページ目に視線を落とした。

藤田美和子の日記は、彼女の数奇な生涯を以下のように書き残していた。

第二章　美和子の日記

第一節　拉致

その昔、アイヌ、ニブフ、ウィルタなどの先住民が暮らすサハリンは、日本では北蝦夷《きたえぞ》と呼ばれ、松前藩が管轄していた。やがて大陸の沿海州がロシア領になると、ロシア本土から罪人を流すための流刑地になり、多くのロシア人も住み始めた。かくしてサハリンは、先住民族とロシア人に、少数の和人も加わって、人種も国籍も異なる人々が混住する島となった。

サハリンの西海岸に、アイヌ語でホロコタンといわれる小さな村があった。この村はずっと昔から、隣村のアモペシと交易を通じて交流していた。

明治三十八年に日本とロシアがポーツマス条約を締結すると、ホロコタンのすぐ南に国境線が引かれ、北側がロシア領、南側が日本領の樺太になった。ホロコタンはピレオ、アモペシは「安別」と書いて「あんべつ」と読ませる名前に変わった。国境で分断され、村の名前が変わっても、二つの村の住人たちは昔どおりの交流を続けた。安別村から北に向かって、磯伝いに歩くと、一時間でピレオ村に到着する。

大正十四年に北サハリンがソ連に変わっても、これまで通り、国境線上に検問所やバリケードなどはなかったから、村民の交流は変わりなく続けられた。ロシア人が村祭りを見物に来ることもあったし、急病人が出ると、安別村にたった一人いる老医師のもとに、ピレオ村から急患が運ばれた。診療所にはきれいなアイヌの看護婦がいた。どちらの国の官憲も、こんな村民の交流を黙認していた。安別村の警察官が緊張するのは、樺太庁長官が交代した時だけだ。視察に訪れた新長官を国境に案内するのは警察の役目だった。

しかし、昭和二十年の五月八日にナチスドイツが降伏すると、状況は大きく変化した。一個大隊のソ連軍がピレオ村に駐屯すると、六月下旬には、ウラジオストックから大型貨物船がピレオ港に入り、大量の物資を荷揚げした。七月になると、ソ連軍は海岸や裏山を封鎖して、ピレオ村と安別村の交流を禁止した。この一連の動きは、ソ連が対日宣戦を布告するための準備だった。それまでヨーロッパ戦線に充てられていた兵力を、サハリンに振り分けたのだ。


藤田美和子は大正十一年に北海道の旭川で生まれ、十六歳の四月に単身樺太に渡ると、豊原《とよはら》市の樺太師範学校に入学した。軍需工場に一人娘をとられることを嫌った父親が決めたことだった。

この学校は彼女が一期生という新しい学校で、樺太教育振興を目的に創立された。当時としては珍しく、学級別だが男女共学だった。制服、教科書、学費、寮費は無償だから、樺太各地や北海道はもちろん、日本全国から応募があった。ただし卒業したら、最低でも三年間は樺太にとどまって、教師として働くことが義務付けられていた。

美和子は昭和十六年に十八歳で師範学校を卒業すると、安別国民学校の教師になった。安別村には高カロリーの無煙炭を産出する露天掘り炭鉱があったので、鉄道のない辺境の村にもかかわらず、当時九千三百人もの人間が暮らしていた。そのほとんどが炭鉱関係者で、朝鮮人もかなりの割合を占めていた。石炭は炭鉱会社の専用船に積まれて、安別港から内地に送り出された。

美和子は無邪気な児童たちに囲まれて、幸せな教師生活を送っていた。授業を受ける児童たちには、日本人と朝鮮人の子弟のほか、日によっては、ピレオ村から来たロシア人の大人や子供も混じっている。人種や国籍が違っても、互いに差別することなく、みんなは仲良くやっていた。

食糧にも不自由したことはなかった。実家の母が、買いだめした米を送ってくれるし、児童の父兄は、ジャガイモ、カボチャ、砂糖大根などを届けてくれる。とりわけ朝鮮人の父兄は、日本人の手に入らない食品を切れ目なく届けてくれた。

食糧事情については、村民も同じだった。米、味噌、しょうゆ、野菜、酒などの食料品は、炭鉱会社の船が定期的に届けてくれる。海や川では、獲りきれないほどの鱒が泳いでいたし、春には山菜、秋になれば椎茸がいくらでも収穫できた。

前は海で、すぐ後ろに山が迫っているから、村に平地はほとんどなかった。住民は斜面を段々畑のように切り開き、一つの平地に一軒の家を建てた。どの家からも、海が見えるから、景色は最高だった。こんな恵まれた村で暮らすものにしてみれば、日本が太平洋戦争に突入したことなど、遠い国の話としか思えなかった。

三年間の義務期間が終わっても、美和子は生まれ故郷に帰らなかった。その理由は二つあった。

一つ目の理由は、彼女が安別に赴任する前年に、両親が旭川から樺太に引っ越したことだ。米穀会社に勤務している父親が大泊町《おおどまり》の支店長になったのだ。子煩悩の彼は、樺太で暮らす一人娘のことが心配だったので、娘が師範学校に合格した時、会社に樺太勤務を願い出た。

二つ目の理由は、美和子がピレオ村の男を好きになったことだ。男はヤレック・カミンスキというポーランド人で、三歳年上だった。男にしては色白で、髪の色は栗色に近い黄金色だ。長めの髪のカールしている毛先は菊の花弁を思わせる。目の色は深い湖と同じで、青みがかった灰色だった。そんな目に見つめられると、彼女は胸の動悸が激しくなって、心が溶けるほどにうっとりする。

ヤレックを初めて見た時、美和子は西洋のおとぎ話に出てくる王子さまを連想した。彼女の網膜に、一瞬にして彼の顔が焼き付けられた。

背後の山が海に迫っている安別村と違って、ピレオ村には緑豊かな平地があった。そこにはソフホーズと呼ばれる国営農場があり、牧場では何頭もの乳牛が飼われていた。ヤレックの一家は牧場で働いていた。ヤレックはチーズやバターを安別に運んでくると、炭鉱の売店で、安別名物の西洋わさびや椎茸と交換した。

美和子は売店でヤレックのチーズを見つけると、黒パンと一緒に迷わず購入した。一人食卓に向かい、彼の顔を思い浮かべながら、異国の味を賞味した。

ヤレックの両親は一八九九年にポーランドからサハリンに流刑になった。父親は若手の大学教授で、母親は画家だった。帝政ロシアは、士族や教養人など、独立心に富んだポーランド人を片端から流刑に処した。

当時は、十万人を超えるポーランド人が家族ごとシベリアやサハリンに送られている。気候の厳しいシベリアでは、何万人もの死者が出た。ヤレックの両親が、シベリアではなくサハリンに流刑になったのは幸運だった。しかし流刑囚といっても、刑務所には収監されず、開拓農民として自由な身分が保証されていた。

北サハリンで生まれたヤレックは日本人を尊敬していた。父親から、「祖国がソ連と戦争を始めた時、日本政府は八〇〇人近くのポーランド孤児をシベリアから救出し、日本に連れてきて手厚く世話をしたんだよ」と聞かされたからだ。当時のポーランド人には親日家が多く、樺太アイヌの研究で世界的に有名なブロニスワフ・ピウスツキも、日本国籍を持つアイヌ女性と結婚している。

ヤレックの夢は、日本語を話せるようになることだった。日本語の本を読み、もっと日本について知りたかった。できれば日本に行って、富士山を見たかった。だから安別に来るたびに、美和子の授業に出席し、子供に混じって教科書を読み、日本語を勉強した。

美和子も、休みになると、ピレオ村の農場に行き、ヤレックの家族と親交を深めた。安別に赴任して三年が過ぎた頃、彼女は生活するうえで不自由しないくらいに、ロシア語を話せるようになった。さらに、よほど難解な文章でなければ、ロシア語で書かれた手紙や小説も理解できるようになった。

一方、ヤレックの日本語は、なかなか上達しなかった。母親に似ている彼は、絵を描くのがとても上手だ。日本語が通じない時は、すぐに絵を描いて言いたいことを伝えるから、それが災いしたのかもしれない。それでも、美和子に対して、積極的に日本語で話し掛けていた。

ヤレックは自分が目立つことを好まない。彼のこんな人柄を表す面白いエピソードがあった。

去年の春のことだった。校庭に花壇を作ることになり、児童たちの有志が昼休みや放課後に花壇作りに精を出した。校庭の一角に、石を積み上げて長方形の囲いを作ると、この中に崖の下から運んできた土を盛り上げた。手押し車などはなく、各自が土を袋に入れて、手に提げて運んでいたから、いつになったら花壇が完成するのか、誰にも分からなかった。

ところが、作業を始めて三日目に、児童たちが「今朝見たら、運んだ土が昨日の二倍くらいにも増えていた。きっと藤田先生が手伝っているんだ」と言い出した。美和子が「先生は何もやっていないよ」と教えると、児童の一人が「それじゃ誰なんだべか」と不思議そうに首をかしげた。

その日美和子は、夜の八時頃校庭に行くと、木の陰に隠れて花壇の周辺を見張っていた。満月の夜だから、辺りは本を読めそうなくらいに明るかった。

十分も経った頃、大きなリュックを背負った人間が校庭に入ってきた。よく見たらヤレックだった。彼はリュックを下ろすと、中を開いて、運んできた土を花壇の中に振りまいた。全部の土を入れ終わると、空になったリュックを背負って、校庭の外に出ていった。それからしばらくして、膨れたリュックを背負って戻ってきた。これを何回か繰り返すと、彼は十時頃になって、ようやく学校を後にした。

翌朝には牛の世話もあるのに、ピレオ村から片道一時間も掛けて手伝いに来たヤレックを見て、彼女は感激のあまり涙ぐんだ。

翌日美和子は、このことを児童たちには教えなかった。ヤレックが、わざわざ暗くなってから働いているのは、自分が手伝っていることを他人に知られたくないからだ。誰も気付かないふりをしているほうが、彼は嬉しいに違いない。もちろんヤレック本人の口からも、花壇作りの話は一切出なかった。

ヤレックはまた、自己犠牲をいとわない人間だった。これは彼がカトリックの信者だからというよりは、両親の育て方によるものらしい。子供の頃からずっと「わが身をかえりみず、人のために働くことは至上の喜びである」と教えられたそうだ。これに関して、美和子には生涯忘れられない出来事があった。

去年の夏休みに、美和子はピレオ村の農場で、牧草刈りの手伝いをした。ヤレックの隣で、草刈り鎌を振り上げた時、左足首に激痛が走ったので、叫び声を上げた。足元を見ると、草むらの中に逃げていくカラフトマムシが目に入った。

ヤレックは美和子の靴下を脱がせると、足首に素早く目を走らせた。マムシの咬み跡を見つけると「ミワコサン、毒を吸い出すからね」と言って、彼女を草の上に横たえた。咬まれたところの少し上を手拭いで縛ると、咬み跡に口を当てて、何度も毒を吸い出した。美和子が「ヤレックにも毒が回るから、吸うのは止めて」と頼んでも、彼は止めなかった。毒を吸い出し終えると、傷口を水筒の水で洗ってから、美和子を背負い、安別村の診療所に向かって一目散に走り出した。

美和子の左足首は咬まれたところが紫色になり、少し腫れただけで、幸いにも後遺症は残らなかった。診療所の老医師は「毒を吸い出すのが上手かったから、毒は体に入らなかったんだよ」と教えてくれた。

後日改めて、「ヤレック、マムシの毒は歯茎からも入るから、口で吸い出すのは危険だって、本に書いてあったよ」と教えたら、「それは僕も知っていたよ。だけど、ミワコサンが助かるのなら、僕はどうなってもいいと思ったから、毒を吸い出したの」という答えが返ってきた。

〈ヤレックは自分の命よりも、私の命のほうを大切に思ってくれた〉

美和子は胸の中に春を感じ、涙が溢れてきた。ヤレックというのはポーランド語で「春」を意味しているそうだが、「名は体を表す」という人間は、まさに彼のことだった。

ヤレックの自己犠牲的精神は、ほかの場所でも発揮された。農場では、自分のノルマが終わっても、家には帰らず、仕事の遅い仲間の手助けをした。安別村に来た時は、炭鉱売店の掃除も買って出た。だからピレオ村でも、安別村でも、彼を悪くいうものは一人もいなかった。

ヤレックは誰にでも、惜しみなく笑顔と博愛を振りまいた。世界中の誰もが、老若男女を問わず、初対面で好きになる男だった。

〈姿も心も、こんなにきれいな人に会ったのは初めてだ。これからもずっと、ヤレックのそばにいたい。そうすれば、きっと自分も高潔な人間になれるはずだ〉

この時から美和子は、ヤレックに対して、恋心と言うよりは、気高い人間に対する憧れにも似た感情を抱くようになった。

美和子がソ連軍に拉致されたのは、昭和二十年七月一日のことだった。

前日の土曜日の午後、少しの着替えと、日記帳と筆記用具、それに紙芝居をリュックサックに入れて、安別村を出発した。農場の子供たちに日本の紙芝居を見せる約束をしていた。日本の昔話はロシア人の子供たちに人気があった。

着いた日の夜はヤレックの家に泊めてもらい、翌日の午前中に、ロシア語で紙芝居を上演した。昼食をごちそうになると、午後二時を過ぎた頃、村人たちに見送られ、農場を後にした。

ところが、港を左折して、海岸の道を南に向かって歩き、ピレオ岬に差し掛かった時だった。二名のソ連軍兵士が岬の監視所から飛び出してくると、何かを叫びながらこちらに銃を向けた。

美和子は怯え、両手を上げた。

「私は昨日、この道を通って安別村から来ました。それなのに、今日は通してもらえないのですか？」

声を震わせ、ロシア語で訊いた。

兵士は「今日からこの道は通行禁止だ」と答えて、銃の先を北のほうに向け、戻るように促した。

美和子は二人の兵士に前後を挟まれて、道を戻り始めた。先頭の兵士は村の手前で右折すると、彼女を山の麓に連行した。

そこには兵舎が何十棟も並んでいた。初めて来た場所だったが、裏山の中腹に北緯五十度の国境線が走っていることは知っていた。

兵士の一人が無線で連絡すると、しばらくして、一番山側の兵舎の前から一台の軍用車がこちらに向かうのが見えた。

車が停まると、運転していた兵士が地面に降り立った。軍服に身を包んだ中年女性だった。色が白くて、太めの体型をしている。少し垂れ気味で優しげな目は、象の目にそっくりだった。

意外なことに、車のエンジンカバーには「ＵＳＡ」という文字が書かれていた。アメリカのデトロイトで製造され、太平洋を渡ってウラジオストックまで運ばれたジープだった。この頃アメリカから、膨大な量の軍事支援物資がソ連軍に届けられていた。アメリカにしてみれば、敵である日本と戦おうとしているソ連軍は友軍だった。

女兵士はきりっと背筋を伸ばすと、「私はエレーナ・ミハルコワです」と言って美和子に手を差し出した。声は中音域で耳に優しく、話し方はゆったりとして余裕を感じさせる。

美和子もこわごわと手を出した。こちらもロシア語で名乗ろうとしたが、その前にエレーナは「ミワコ・フジタ」と言って微笑んだ。

〈私の名前を知っている〉

美和子は驚いた。

エレーナが美和子の肩にそっと手を載せた。

「私たちの仕事に協力してくれたら、危害は一切加えません。貴女の生命と持ち物は、この私が保証しますから、安心してください。ここでの任務が終わったら、貴女はすぐに帰れます」

エレーナの話を理解した時、美和子は肩の力を抜いた。エレーナはもちろん、そばにいる二人の兵士たちからも、敵対心は微塵も感じられなかった。

後になって分かったのだが、ソ連軍は五月頃から美和子の拉致を計画し、この日が来るのを待っていた。樺太に侵攻しようとしていたソ連軍にとって、ロシア語のできる日本人のインテリは、どんな手段を使ってでも手に入れたい人材だった。

美和子はジープに乗せられると、兵舎に連れていかれた。

七月八日になった。

拉致されてから一週間が経っている。美和子はピレオ港の岸壁に立ち、言い知れぬ歯がゆさを覚えながら、ピレオ岬を見つめていた。岬には円錐形の丘があり、日本人は「ピレオ富士」と呼んでいる。

〈あの岬を回れば、安別村が見える〉

しかし彼女は、村に戻ることはもちろん、遠くから村を眺めることもできないのだ。来る時にはヤレックの顔が浮かぶ鏡に見えた海も、今では絶望を溜め込んだ沼にしか見えなかった。

安別村の児童たちは「藤田先生が帰ってこないよ」と言って、とても心配しているだろう。まさかソ連軍に拉致されているとは思わないから、帰る途中で、高波にさらわれて溺れ死んだと思っているかもしれない。村の誰かが、ピレオ村まで行って、安否を確かめようとしても、途中でソ連軍の兵士に追い返されることは明らかだ。

美和子は辺りを見回した。

〈どうにかして脱走できないものだろうか〉

海岸の道は昼も夜も兵士が監視しているから、ここを通って脱走することは不可能だった。国境線が走る山は、さほど高くなく、尾根を越えると、安別村に通じる道も付いている。けれども、こちら側の麓には兵舎が並んでいるから、誰にも見つからずに、山道の入り口まで行くのは難しい。たとえ山道を登れたとしても、山中には昼夜の別なくヒグマが出没する。

〈結局、言われるとおりに仕事をするしかないのか〉

視線を山から海に戻すと、大きなため息をついた。

エレーナは兵舎の一角にある独立した家屋に住んでいる。諜報部に所属しているが、軍における階級はかなり高いようだ。彼女は少しだけ日本語を話せるらしいが、美和子に対しては、初めからロシア語で話した。

美和子が驚いたのは、ソ連軍には多数の女兵士がいることだった。歩兵や車両の運転手だけでなく、胸に勲章を何個も付けた上官らしい女性も見かけた。前にヤレックから、「ソビエト政権下では男女同権だから、ソ連軍は女性を大切にする」と聞かされたが、これは本当のことらしい。そのせいか、美和子にも専用の個室があてがわれた。中からも施錠できる部屋なので、眠る時も安心だった。

エレーナは毎日のように「何か必要なものはありませんか?」と訊いて、美和子のことを気遣ってくれる。こちらから頼まなくても、肌着、靴下、上着、ズボンなどの衣料品が支給された。

美和子がやらされている仕事というのは、樺太の地図に出てくる町の名前を、ロシア語に音訳することだった。山、谷、川、湖沼、海岸などの名称についても、同じ作業を要求された。このほかに、樺太庁の公式統計文書の翻訳もやらされている。これは、現在の官公庁が出している「白書」と同じで、各市町村における人口の推移、農産物の種類や収穫量、水産物の種類や水揚げ高、石炭や鉱物の生産量などの詳細がまとめられている。この頃からソ連軍は、樺太を占領した後のことまで周到に準備していた。

毎日の食事は、美和子とエレーナが仕事をしている部屋まで運ばれる。黒パンのほか、チーズやバターなどの乳製品、玉ねぎやキャベツが入った野菜スープ、ボルシチと呼ばれる濃い味のロシア風スープも提供された。米飯や麺類などは出なかったが、パンもチーズも嫌いではない美和子には、何の不満もなかった。

決められた時間を勤め上げると、後は自由時間になる。日曜日は休日で、外出はできるが、行く先は兵舎と港の周辺に限られ、ヤレックがいる国営農場はもちろん、ピレオ村の市街に行くことも禁止されている。美和子が外出すると、何か所かある軍の監視塔から兵士たちが双眼鏡で監視していた。

彼女にとって苦痛だったのは、ヤレックに会えないことだけではない。安別の学校長に連絡できないことも心苦しかった。このままでは「職場を放棄した」と言われても仕方がない。

翌日美和子は、断られることを覚悟して、エレーナに頼んでみた。

「お願いですから、安別国民学校に連絡してもらえないでしょうか」

するとエレーナは顔を曇らせた。

「ミワコ、貴女の学校は無くなりました。もう連絡できません」

美和子が驚いて、「今、学校は無くなった、と言ったのですか?」と訊き返したら、エレーナは詳細を話してくれた。

「三日前に、わが軍の艦砲射撃によって、安別村の家や学校は完全に破壊されました。村の人たちは前の日に船で避難したので、全員無事です」

美和子は絶句した。言われてみれば、三日前に海のほうから何発もの砲声が聞こえていた。

「ひどいですね。ソ連軍はどうして、軍隊がいない日本の村を攻撃するのですか?」

エレーナは頬を引き締めると、軍人の顔つきになった。

「その理由は、はっきりしています。昔日本に盗られたサハリンの南部を、返してもらうためです」

美和子は何も反論できなかった。

第二節　緊急事態

それから十日経った日の午後のことだった。

部屋で仕事をしていたら、廊下を慌しく歩く足音が聞こえた。足音はドアの前で止むと、エレーナが入ってきた。

美和子のところに来ると、日が翳ったような表情をした。

「たった今、モスクワから連絡がありました。八月になったら、わが軍は日本と戦争を始めます。現在国境の北にいる日本人は、七月末に全員ウラジオストックに連行されます。日本人がスパイ活動をできないように、全員を収容所に入れるためです」

あまりにも意外な言葉だったので、血相を変えて訊き返した。

「私は関係ないですよね。ここに残るんですよね？」

「いいえ。日本人なら、誰でも行かなければなりません」

美和子の心が、深い谷底に向かって落下した。今朝もエレーナから、「今月末には仕事が終わりそうだから、ミワコはもうすぐ帰れます」と言われたばかりだった。

北サハリン内の町ならいざ知らず、大陸に連れていかれたら、日本に帰るのが難しくなる。頭の中で、「シベリア送り」という文字が明滅した。このまま両親にも会えずに、大陸に連行されるのだと思うと、父母に申し訳なくて涙が噴出した。

美和子は顔を覆うと、その場に泣き崩れた。

それからしばらく、部屋の中は静かなままだった。

エレーナが床に膝をつくと、美和子を抱き締めた。優しい手付きで美和子を立たせると、顔を覗き込んだ。

「かわいそうなミワコ。毎日こんなによく働いているのに、収容所に入れられるなんて、私には耐えられません」

彼女の目は、わが子を気遣う母親の目だった。目元に涙を浮かべている。いくらモスクワからの命令とはいえ、自分では納得できないらしい。

エレーナがドアのほうをちらりと見た。美和子の目を見ると、自分の唇に人差し指を当てた。

「ミワコ、これから私が言うことは二人だけの秘密です」

美和子は怖いものを見る目つきで、エレーナの唇を見つめていた。

しばらく経って、エレーナの唇が静かに動いた。

「この村に残る方法がひとつだけあります」

美和子は涙声で訊いた。

「どうすればいいのですか？」

「ピレオ村の人間になることです」

「……」

「つまり、ミワコが村の誰かと結婚すればいいのです。そうすると、収容所に入らなくてもよくなります」

エレーナは村の方角を指し示した。

「農場の牧場には、ミワコが好きな人がいるでしょう。彼に連絡して、面会に来てもらいましょう」

言ってから、彼女は意味ありげに微笑んだ。美和子の肩を軽く叩くと、「急いで面会許可の申請書類を作ります」と言って、部屋を出ていった。

エレーナは、美和子がヤレックに好意を寄せていることを知っていた。拉致する前に、美和子の身辺調査を徹底的にやっていたようだ。それはよいとしても、彼女は美和子の意思を確かめなかった。初めから、〈美和子はヤレックとの結婚を承諾する〉と確信していたのに違いない。

エレーナが出ていった後、美和子は予想外の展開に驚いていた。〈大陸送りを免れるためなら何でもする〉という覚悟でいたが、こんな方法があるとは想像もしなかった。

他人から訊かれるまでもなく、ヤレックとの結婚に異存はないのだが、問題は大泊にいる両親のことだった。とりわけ父は「なぜ、ひとりで勝手に結婚相手を決めたんだ。それも、よりによって日本人ではなくポーランド人とはなにごとだ」と言って、怒ることははっきりしている。戦争が終わって、両親に会える日が来たら、「相談するにしても、連絡しようがなかったし、大陸送りになるのを回避するにはほかに方法がなかったの」と事情を説明することにした。

美和子が両親の意に沿わなかったのは、これが初めてではなかった。教員になる時も、父親が「大泊で先生になってくれたら、お父さんとお母さんは嬉しいのだけど」と言ったにもかかわらず、独断で安別の学校を希望した。大泊町に赴任したら、親子三人で暮らせたのに、希望したのは、よりによって両親からもっとも離れた村だった。この村に樺太最北の小学校があると聞いて、行ってみたくなったのだ。

師範学校の同級生からは「美和子は、じょっぱりお雛さまだね」と冷やかされた。「じょっぱり」というのは北海道の方言で、「強情張り」という意味だ。顔はお雛さまみたいにかわいいのに、他人の言うことを聞かずに自分の思うままに行動する。そんな美和子の性格を言ったのだ。

それから五日経って、七月二十四日を迎えた。

午後になると、軍から連絡を受けたヤレックが、兵舎までやって来た。彼は面会所に入ると、テーブルを挟んで、美和子の向かいに腰を下ろした。

二人は私語を交わすことはできなかった。エレーナのほかに、記録をとる兵士も同席していたからだ。

美和子は、エレーナがこちらを見たのを合図に話し始めた。

「ヤレック、わざわざ来てくれて、ありがとう。私は貴方と結婚することを決めました。返事が遅くなって、ごめんなさい」

「ミワコサン。結婚を承諾してくれて、私は嬉しいです。私も、ずっと前から結婚したいと思っていました。両親も喜ぶに違いありません。早速、農場長と村長にお願いして、結婚許可証を出してもらいます」

ヤレックはすぐに応じると、最後までよどみなく話し終えた。

このやり取りは、いわゆる「やらせ」だった。美和子もヤレックも、エレーナから指示された通りに話しただけだ。

二日前に、美和子はエレーナから釘を刺された。

「あくまでも、ミワコが結婚の承諾を伝えるために面会を申請したのですから、余計なことは一切言わず、要点のみを事務的に伝えてください。初めから最後までロシア語で話し、日本語は一切使わないように」

美和子とヤレックが話した内容は、漏れなく記録されて、上層部に報告されることになっている。収容所送りを逃れるための結婚であることが発覚したら、エレーナは処罰される。

エレーナが美和子とヤレックの顔を交互に見た。

「ほかに、話したいことはありませんか？」

二人は同時に首を横に振った。

エレーナは笑顔で頷いた。立ち上がると、椅子をテーブルの下に押し込んだ。

記録係の兵士は、「えっ、これで終わりなの」と言わんばかりの顔をした。

美和子とヤレックは、互いに目を見交わして頷いた。

しかしその後、事はすんなりと運ばなかった。

翌日から毎朝、美和子はエレーナに会うと真っ先に訊いた。

「ヤレックから結婚許可証は届きましたか？」

しかしいつもエレーナは、暗い顔つきで、黙って首を横に振るばかりだった。

美和子は重たい息を吐き出した。

〈誰かが結婚に反対しているのだ。ヤレックの両親や妹のマリアが結婚に反対するわけはない。この三人は、遊びに行くたびに、「ミワコ、ずっとここで暮らすといいのに」と言ってくれる。村長のアレクセイはヤレックと仲がよい。私とも三年越しの付き合いだから、彼が結婚を許さないはずはない〉

最後に農場長の顔を思い浮かべた。

〈きっと、バローキンが許してくれないのだ〉

彼は愛国心が強く、農場長だけあって規則にはうるさい人間だった。

ヤレックから何の連絡もないまま、とうとう七月三十日を迎えた。

昼近くになって、大きな貨物船が軍の補給物資を積んで、ピレオ港に入港した。今日中に荷揚げを済ませ、明日の夕方戻りの船で、日本人をウラジオストックに運ぶことになっていた。

その日の午後、エレーナが美和子の部屋にやって来た。思いつめた顔をすると、小さな声で打ち明けた。

「ミワコ、上層部は私がとった行動に疑念を抱いています。だから、もうこれ以上私の力では、どうにもできません」

　話を詳しく聞くと、エレーナからヤレック宛に個人的な手紙が届けられたことを、連絡係りの兵士が上官に漏らしたという。

　ついに美和子は腹を括った。

「私はもうあきらめました。明日船に乗ってウラジオストックに行きます。いろいろ骨を折ってくださり、感謝しています」

　エレーナには、これ以上迷惑を掛けることはできない。ウラジオストックに着いたら、収容所のソ連軍兵士に「私はロシア語が分かります」と言えば、向こうに行っても何とか生きられるだろう。言われたとおりに働けば、そのうち解放してくれるに違いない。

　エレーナが美和子の両手を握り締めた。

「まだあきらめないでください。私は、ミワコの助けがなければ、サハリンにおける諜報部の活動が不可能であることを、モスクワに知らせるつもりです。少し時間は掛かるかもしれませんが、ここに戻ることができるでしょう。それまで、しんぼうして待っていてください」

　美和子は深く頭を下げた。

「ありがとうございます。よろしくお願いします」

　当の本人があきらめているのに、エレーナは今後の対策を考えている。そんな彼女に、娘に対する母親の愛情を見た。

ウラジオストックは、ロシア極東にある不凍港をもつ港町で、日本の歴史の中にもたびたび登場する。

明治四十五年に、シベリア鉄道がウラジオストック航路と接続されると、モスクワと東京が国際列車で結ばれた。

昭和十五年には、ナチスの迫害から逃れるために、リトアニアの日本領事館に通過ビザを求めるユダヤ人が詰め掛けた。当時外交官だった杉原千畝《ちうね》は、彼らのために大量のビザを発給した。約六千人ものユダヤ人が、シベリア鉄道でウラジオストックにたどりつき、ここから船で敦賀に脱出した。

またこの二十年前に、約八百人のポーランド孤児が、日本政府によってシベリアから救出された。彼らが日本へ行く船に乗ったのも、ウラジオストック港だった。

このユダヤ人とポーランド孤児にとって、ウラジオストックは、美和子たちとは逆に、日本が開いてくれた「自由への扉」だった。

明けて、七月三十一日になった。

昼過ぎに、美和子はエレーナが運転するジープで兵舎を出発した。今頃、港の岸壁では、国境の北側から集められた大勢の日本人が、乗船を待っているはずだ。

座席の横に置かれたリュックサックは、衣料品、ノートや筆記具などの文房具、食料品などで、拉致された時の何倍にも膨らんでいる。全部エレーナが持たせてくれた。

兵舎の敷地を出ると、車は速度を上げた。

途中十字路に差し掛かると、車は停止した。ここで右折すると農場に向かい、左折すると港に向かう。

「あの農場とも、しばらくお別れですね」

エレーナが右のほうを見ると、自分のことのように、しんみりと言った。

美和子は涙で曇った目を農場に向けると、彼女の王子さまに別れを告げた。

「ヤレック、さようなら。結婚できなかったけど、貴方に会えて幸せだった」

エレーナが車を発進させようとした時だった。

農場のほうから、甲高い音が聞こえてきた。二人は同時にそちらに目を向けた。

長身の男が、片手に持ったものを差し上げ、牛を集めるラッパを吹きながらこちらに走ってくる。よく見るとヤレックだった。

彼は運転席の横に来ると、手に持っていた封筒を、すばやくエレーナに差し出した。ラッパを地面に放り出し、上半身をがくんと折り曲げると、両手を膝に当て、ぜいぜいと荒い息を吐き出した。

エレーナは封筒を開き、中に入っていた書類に目を走らせた。

読み終わると、両手を上げて大声で叫んだ。

「ハラショー。ミワコ、結婚おめでとう」

ヤレックが届けてくれたのは、待って、待って、待ちこがれた結婚許可証だった。

エレーナは顔中を笑顔にすると、ヤレックに声を掛けた。

「貴方も乗りなさい。農場に送ってあげます」

ヤレックは車に乗ると、横を向いてミワコに頭を下げた。

「ミワコ、ゴメンネ。ノウジョウチョウ、サッキ、ケッコン、ユルシタ」

こんな時でも、つかえながら日本語で教えてくれた。

美和子は嬉しさのあまり、何も言葉が出なかった。ヤレックの手をしっかり握り締め、赤子のように泣くだけだった。

美和子が懸念した通り、結婚許可証が遅れた原因は農場長のバローキンだった。ヤレックから事情を聞いたバローキンは「収容所送りを免れるために結婚するなんて、動機が不純だ」と言って、許可証にサインをしなかった。

ヤレックは必死になって「二人は前から結婚したかったのだから、何も問題はない」と説明した。

さらに村長のアレクセイも、何度も農場に足を運び、バローキンを説得した。しかし農場長は、首を縦に振らなかった。

ついに、農場や牧場で働くヤレックの仲間がストライキを始めた。村の食料品店の店主も、農場が卸した農産物や乳製品の販売をボイコットした。

必殺弾はバローキンの孫娘であるガーリヤの一言だった。

「ミワコは私に優しくしてくれる。学校で鉛筆とノートをくれた。ヤレックは、私が熱を出した時、私を背負って安別の診療所まで走っていった。二人の結婚を許さないのなら、もうじいちゃんとは、死ぬまで口を利かないから」

さすがのバローキンもついに白旗を揚げた。結婚許可証にサインしたのが今日のことだった。

その日の夜、カミンスキ家では結婚祝いのパーティーが開かれた。農場や牧場から、人勢の仕事仲間がウオッカ持参で集まった。バローキンは、お詫びのつもりなのか、鶏の蒸し焼きを持ってきた。村長のアレクセイが高らかに二人の結婚を宣言すると、勢いよくウオッカの蓋を開け、乾杯の音頭をとった。

酔いが回ってくると、アコーディオンの伴奏で、合唱が始まった。みんな体格がよいから、男も女も部屋の空気が震えるほどの声を出す。美和子が知っている曲は『トロイカ』と『カチューシャ』だけだった。初めのうち美和子はヤレックと並んでいたが、そのうちに全員が入り乱れて踊りだしたから、誰が新婦で誰が新郎か分からなくなった。

新郎新婦が寝室に引き上げた時は明け方に近かった。結婚が急だったこともあり、カミンスキ家には空いている部屋がなかったから、ヤレックの部屋が二人の新生活の場となった。

こうして美和子はヤレックの妻になった。彼女は四年以上も一人暮らしをしていたから、カミンスキ家で暮らし始めると、これまでと同じ黒パンやチーズを食べても、五人揃った食卓では美味しさが倍加した。

ヤレックは結婚しても、まったく以前のままだった。相変わらず下手な日本語を使い、しばしば美和子に注意される。育ちがよいせいなのか、彼はもともと自己主張をせず、相手の気持ちを尊重する。亭主関白とか夫婦喧嘩などという言葉は、二人にとって死語にすぎなかった。

ヤレックの父親はヨゼフ・カミンスキという名前だ。ポーランド人の名前もロシア人と同じで、姓に男性形と女性形がある。だからヨゼフの妻の名前はカトリーヌ・カミンスカとなる。男が「～スキ」という姓の場合、男の妻の姓は「～スカ」になる。姓を見ただけで、男なのか女なのか、分かるようにするためだ。ヤレック・カミンスキと結婚した美和子は、ミワコ・カミンスカになった。

ヨゼフもカトリーヌも、美和子に対して、実の娘と区別なく接してくれた。美和子とは長い付き合いだから、とっくに家族の一員に入れていたらしい。

ヤレックの妹のマリアも、美和子を姉のように慕っている。小姑という言葉は、マリアには無縁な言葉だった。

家族とのにぎやかな団らんが終わると、ヤレックの部屋で、ようやく二人だけの時を迎える。安別で出会った頃の思い出話をすると、あっという間に時が経つ。ヤレックはベッドの中で、ポーランドの子守歌を歌ってくれる。美和子は彼の胸に顔を埋め、子守唄を聞きながら眠りに落ちるのが好きだった。

第三節　脱出

八月七日を迎えた。

美和子の新婚生活も、今日で一週間を数えた。このまま何事もなく、農場で暮らす日々が過ぎていくと思っていたら、この日の夕方、エレーナから「緊急にお願いしたい仕事があります。一時間くらいで終わると思いますので、明朝九時に部屋までご足労願います」という手紙が届いた。

翌朝、美和子はヤレックに事情を話すと、兵舎に向かった。ほかならぬエレーナの頼みとあれば、断るわけにはいかなかった。

兵舎に着き、以前と同じ部屋に入ると、中にいたエレーナが駆け寄ってきて美和子の両手を握り締めた。

「ミワコ、元気ですか」

「はい。おかげさまで、ヤレックと一緒に楽しく働いています。先日はありがとうございました」

美和子は丁寧に頭を下げた。

頭を上げると、エレーナが待っていたように机上の書類を指差した。

「これを日本語に翻訳してほしいのです。私は自室にいますから、終わったら電話をください」

美和子は首をかしげた。これまでは、日本の地図や文書をロシア語に翻訳する仕事ばかりで、この逆の仕事はやったことがなかったからだ。

エレーナはドアに向かって歩き始めたが、途中で足を止めると、美和子のところに戻ってきた。これまで見せたことのない張り詰めた顔つきになると、母親が子供に言い含める口調で言った。

「イソイデ、コノムラカラ、デテイキナサイ。イノチ、イチバン、ダイジ。ドウカ、キヲツケテ」

彼女が話した最初で最後の日本語だった。言ってから、美和子をしっかり抱擁した。両日から涙が溢れ、零れ落ちそうになっていた。

エレーナが部屋を出ると、美和子は書類に目を向けた。モスクワからの通達だった。ざっと中に目を通したが、彼女の視線は「ロシア語を話せる日本人教師」という言葉に釘付けとなり動きを止めた。

「終戦後の民間人に対する措置」

ウラジオストックの収容所にいる日本人を、直ちにもとの市町村に戻し、南サハリン残留日本人ともども、短くても五年間は留め置き、これまでと同じ仕事に従事させること。

とりわけロシア語を話せる日本人教師については、未婚者、既婚者の区別なく多人数を確保し、でき得る限り長期間留め置くこと。

彼らは将来にわたって、サハリン在住日本人、およびロシア人子弟の教育には、絶対に不可欠な人材である。

なお、サハリンの内外を問わず、このものたちの旅行は認めないものとする。

美和子は愕然とした。前にエレーナから、「戦争が終わったら、すぐに日本人は帰国できるし、サハリンで結婚した日本人も自由に里帰りできます」と聞かされていたからだ。

しかし一通のモスクワからの通達が、美和子の夢を打ち砕いた。

〈これで、父と母に会えなくなった〉

涙が溢れ、急に視界が狭まった。

美和子ばかりではなかった。これを知ったら、ヤレックも落胆するだろう。彼は美和子と一緒に大泊に行き、妻の両親に結婚の挨拶をすることを楽しみにしている。

「イソイデ、コノムラカラ、デテイキナサイ。イノチ、イチバン、ダイジ。ドウカ、キワツケテ」

さっき聞いたエレーナの言葉が耳元に蘇った。

〈エレーナは、情勢が変わったことを私に知らせたかったのだ。この書類の翻訳を頼んだのは口実にすぎない〉

美和子は大急ぎで翻訳を開始した。

仕事が終わると、モスクワからの通達と日本語訳を重ねて机上に置いた。電話でエレーナの秘書に仕事が終わった旨を伝えると、すぐに部屋を後にした。

農場に戻ると、真っ直ぐ牛舎に向かった。掃除をしていたヤレックを見つけると、エレーナからの情報を教えた。

ヤレックの顔色が青ざめた。

「ミワコ、カワイソウ。オトウサント、オカアサンニ、アエナイ。トテモ、ヒドイコトニナッタネ」

彼は天を仰いで嘆息した。

しばらく経って、美和子の目をじっと見つめると、覚悟のほどを口にした。

「ボクガ、オオドマリニ、ツレテイク。ミワコ、ナカナイデ」

それから二人は、ピレオ村を抜け出す方法について相談し始めた。

ついに八月十日の夜を迎え、脱出決行の時が来た。

昨日、村長のアレクセイが教えてくれた。

「軍の友人から教えてもらったのだけど、アメリカが落とした新型爆弾で、ヒロシマが壊滅状態になったそうだよ」

日本が戦争に負けるのは時間の問題だ。終戦になってからでは間に合わない。思い立った時が実行の時だった。

この日を選んだのには理由があった。昨日ソ連は日ソ不可侵条約を破棄し、対日宣戦を布告した。ピレオ村に駐屯するソ連軍は、日本軍と戦うために、ほとんどがサハリン中央部の国境に移動した。ピレオ村に残っているのは、国境を監視する少数の兵士だけだ。その監視兵も、今頃は酔いつぶれているに違いない。二人の脱出を助けるために、アレクセイが開戦祝いのウオッカを監視所に差し入れたからだ。

夜の十時を過ぎた頃、二人は家族に見送られ、農場を出発した。山越えではなく、慣れている海岸の道を行くつもりだ。背中のリュックサックには、少しの着替えと食料が入っている。美和子のリュックには日記帳も入っていた。

海岸に出ると、辺りを窺いながら、真っ直ぐ南を目指した。

やがて、ピレオ岬の監視所に差し掛かった。

ヤレックが立ち止まると、後ろを歩く美和子を手で制した。

「トマッテ。ヨウス、ミル」

二人は立ったままで監視所に目を向けた。

いつもと変わらず、監視所の明かりは点いていたが、今夜に限って巡回する兵士の姿は見えなかった。アレクセイは、しっかり役目を果たしてくれた。

二人は安心して、安別村に向かって歩き始めた。

あと数十メートルで国境を越える地点に差し掛かった時だった。安別村の方角から、船のエンジン音が聞こえると、サーチライトの光が素早く足元を横切った。ソ連軍の警備艇だった。

間髪を入れずに、浜に向かって機銃が連射された。小石に当たった弾丸が、横に弾けて空を切った。

「フセロー」

ヤレックが叫ぶと、二人はリュックを背負ったまま、地面に体を投げ出した。

「ミワコ、シンダフリ」

彼の言葉を合図に、しばらくの間二人はうつ伏せになって息を殺していた。

サーチライトの光が、浜辺を舐めるみたいに何度か往復する。

美和子は心臓が破裂する思いだった。鼓動の一打ち、一打ちが、死刑台の階段を上る足音に聞こえる。時間が経つのが、いつもの何倍も遅かった。

船のエンジン音が急に大きくなると、その後エンジン音は遠ざかっていった。警備艇の兵士は二人が死んだと思い、ピレオの港に向かったのだ。

二人は立ち上がると、肩で大きく息をした。手を取り合って、互いの無事を喜んだ。ピレオ岬の監視所にばかり気をとられ、海上をパトロールしている警備艇のことを、すっかり忘れていた。

安別村の入り口に着いた時、二人は立ち止まった。その後は、棒を飲まされた人間になって突っ立っていた。

見渡す限り、夜目にも黒々と、建物の残骸が散らばっていた。海側にあった測候所やその南の警察署も、ただの瓦礫になっていた。十棟もあった炭鉱の長屋は、事務所や診療所と一緒に完全に破壊され、ひと塊になって横たわっている。港の岸壁にあった倉庫は、大きな木片になって海に浮かび、コンクリート製の桟橋も、粉々に砕けていた。

美和子は潰れた校舎を見つけると、声を震わせた。

「ひどいよ。ぐしゃぐしゃだ」

校舎の裏手にあった教員住宅も消えていた。彼女はここに住んでいた。わずかひと月余りしか経っていないのに、村の様子は激変していた。

「ダレモ、イナイネ」

ヤレックが小さな声で言った。

目を凝らしても、瓦礫の中に死体らしいものは見えなかった。エレーナから聞いていたとおり、艦砲射撃を察知して、村の全員は事前に避難したようだ。これがせめてもの救いだった。

美和子は、ようやく体を動かした。

「畑の小屋に行って、これからの相談をしよう」

ヤレックの先になって、裏山に向かって歩き始めた。

ランプの炎が揺れると、壁に映った人影が影絵芝居のようにゆらゆら動く。二人は飯台の上にある樺太地図を見下ろしていた。ここは、教え子の木下勇作に教えてもらった畑小屋だ。小屋は艦砲射撃に遭わず、屋根も壁もまったく無傷だった。海岸から離れた山の斜面に建てられたことが幸いしたらしい。

勇作の祖母は山の斜面に畑を作っていた。その時仮眠をとるためにここを利用していた。勇作も遊び小屋として使っていた。居間は六畳くらいの広さしかないが、土間には竈《かまど》もあり、沢水を引いた台所も備わっている。勇作に連れられて何度か来たことがあるから、壁に樺太地図が貼られていたことを覚えていた。

さっきから美和子は、地図の一点に指を当てて思案していた。

〈問題は、どうやって大泊まで行くかだ〉

安別から大泊まで行くには、樺太を縦断しなければならない。

サハリン島を、北を向いた鮭に見立てると、安別村は魚体中央の左端に、大泊町は尾鰭の切れ込み部分に位置している。いくつかの町を経由して行く場合、総距離は四百八十キロにもなる。この距離を今の日本で比べれば、東京から京都までの距離に匹敵する。

もっと詳しく言えば、安別から海岸沿いに百十キロ下ると恵須取《えすとる》という町があり、ここから百二十キロ下ると、久春内《くしゅんない》という町がある。この町からは鉄道があり、百二十キロ南にある真岡《まおか》町を経て、さらに内陸に九十キロ進むと、樺太庁のある豊原市に着く。大泊は、ここから真っ直ぐ四十キロ下がったところに位置していた。

間宮海峡に臨む恵須取町は、真岡と並び、樺太西海岸の中心的都市だ。製紙工場と炭鉱があるため、住民は三万九千人を超え、樺太最大の人口を有している。安別からの避難民は、ほとんどがここにいるはずだ。美和子たちも、夜が明けたら、この町を目指すことにした。それからのことは、町に着いてから決めればよい。

これから何日も歩くから、今のうちに英気を養っておくに限る。さっき調べてみたら、小屋の中には、身欠きニシン、干し昆布、米があったので、畑の野菜を使い、雑炊をつくることにした。

美和子はなかなか寝付けなかった。隣のヤレックも同じらしく、一度は「オヤスミナサイ」と言ったのだが、何度も寝返りを打っている。聞こえる音といえば、台所に流れ込む沢水の音だけで、辺りは耳鳴りがするくらいに森閑としている。今この村にいるのは、自分とヤレックの二人だけだった。

暗闇の中で目を開けて、ここに来るまでのことを振り返った。この一か月余りというものは、予想外のことがつぎつぎに起きて、息を継ぐ暇もなかった。

紙芝居を持って、安別村を出たのが、先月一日のことだった。ピレオ村に一泊し、翌日帰ろうとしたら、ソ連軍に拉致された。しかし、これで驚くのは早かった。その一か月後には、ウラジオストックに送られそうになった。これを阻止するために、ヤレックと結婚したのが、わずか十日前のことだった。

体を横に向けると、隣で寝ているヤレックの顔を見た。

〈この男は私の夫で、私の守り神だ〉

二人を巡りあわせてくれた運命の神に感謝した。大泊にいる父と母には申し訳ないが、このままずっと安別村で、二人だけで暮らしたかった。

ヤレックが体を動かすと、口を開いた。

「シズカダネ」

「本当に静かだね。昨日までと大違い」

小屋の外では、早くも秋の虫が鳴いている。

それから二人は黙り込んだ。

先に声を出したのは美和子だった。

「大泊まで、無事に行けるのかな」

「ダイジョウブ。ボクガ、イノチニカケテモ、ツレテイクヨ」

「ありがとう。私、ヤレックのこと大好き」

美和子は涙声で言うと、両手を差し出した。

「ミワコ、ボクモ、アイシテイル」

それから二人は体を寄せると、しっかりと抱き合った。

明けて十一日の朝が来ると、快晴の空が広がった。

こんな非常時でなければ、麦わら帽子を被って、弁当持参で海遊びでもしたい陽気だ。樺太では八月が、一年中でもっともよい季節だといわれている。強風も吹かず、穏やかな晴天の日が何日も続く。

二人は遅い朝食を済ませると、畑の小屋を出発した。恵須取まで陸路で行こうとすれば、切り立った崖の下を海に沿って歩くことになる。道は途中で途切れているから、波を避けながら危険な磯を歩かなければならない。だから初めから、徒歩はあきらめて、船で行くことに決めていた。

ところが、予定は大きく狂い、二人の船が安別村を出発したのは夕方のことだった。こんなに遅くなったのには、いくつも理由があった。

第一に船の調達が問題だった。村の主要港である安別港は、艦砲射撃を受けて壊滅状態だった。岸壁に散らばる瓦礫の中を、あちこちを探してみたが、船は一隻も見つからなかった。係留されていた船は、すべて住民の避難に使われたようだ。

二人は明石《あかし》桟橋に行ってみた。この港は安別港より小規模で、もっぱら漁師が使っていた。村の南外れにあり、国境から遠いせいか、倉庫も桟橋も艦砲射撃を受けていなかった。倉庫の中には、臨海学習の時に使っていた小さな動力船が残っていた。この船なら、漁師の息子から操縦方法を教わっていたので、美和子でも操船できる。

ヤレックに手伝ってもらい、コロを使って船を倉庫から出すと、水に浮かべた。船内を調べたが、水漏れなどは見つからなかった。

いざ出港しようとした時、二つの問題が持ち上がった。恐らく住民の避難に使われたらしく、燃料がすっかり抜き取られていた。さらに、石油バーナーがどこにも見つからなかった。当時の船は「発動機船」とか「ポンポン船」といわれ、焼玉エンジンを使う。石油バーナーで焼玉を真っ赤に熱しなければエンジンを始動できない。

二人は船を下りて、石油バーナーと船の燃料を求め、村中を歩き回った。三時過ぎに、炭鉱会社の事務所の残骸の中から、石油バーナーを見つけた。発電所の事務所から、船の燃料が入った缶を見つけたのが、四時過ぎのことだった。

船はリズミカルな音を立て、海上を進んでいる。風がほとんどないから、海面にはさざ波しか立っていない。日が暮れても、月が出ているので、操船に支障はなかった。左手には樺太山脈の稜線が、月光に照らされて、くっきりと見えている。

美和子は『月の砂漠』を歌っていた。頭の中で、舵を取っているヤレックを王子さまに、甲板に座っている自分をお姫さまに置き換えていた。船のエンジンが伴奏者を務め、月光にきらめく波が聞き手になってくれた。

今日の昼過ぎに、西の水平線に船の煙が何本も見えた。何隻ものソ連艦船がこちらに向かっているらしい。夜が明けたら、艦砲射撃が始まって、ソ連軍が上陸するのだろう。なんとしてでも、その前に恵須取の町に着かなければならない。二人は交代で舵を握り、夜通し船を走らせた。

第四節　ロザリオ

辺りが薄明るくなって、十二日の朝を迎えた。

ようやく行く手に、恵須取の港が見えてきた。舵を取っていたヤレックが「モウスグダネ」と嬉しそうな声で言った。

突然両耳を塞がれたように船のエンジン音が途絶えると、唐突に静けさが訪れた。燃料計の針を見ると、ゼロを指している。予備の燃料も積み込み、途中で補給したが、それでも間に合わなかった。

〈なんて運が悪いのだろうか。港まであとすこしなのに〉

美和子は恨めしそうな目で、恵須取の港を見つめていた。

ヤレックが振り返ると、笑顔を見せた。

「ダイジョウブ。ボクガヒッパルヨ」

彼は船の舳先にロープを結わえると、その端を自分のベルトに結びつけた。海に飛び込むと、泳ぎながら船を浜に向けて引き始めた。

美和子はしゃがんだまま、船縁に手を掛けた。

〈服を着たままで、泳ぎにくくないのだろうか〉

ヤレックの背中を見ながら案じていた。

やがて前方に、岩が交じった砂浜が見えてきた。ヤレックは泳ぐのを止めると、水の中で立ち上がった。水深は腰の辺りまでしかなかった。ロープをベルトから外し、船の後ろに回ると、船をずるずると浜に押し上げた。

ついに船の舳先が砂の上に乗り上げた。

その時、ヤレックが足を滑らせると、体を斜めにして船尾に激しくぶつかった。しばらくは船につかまり、顔を伏せたまま立ち上がろうとしなかった。

美和子は慌てて船から下りると、ヤレックに駆け寄った。

顔を覗き込むと、心配げに訊いた。

「怪我をしたの？」

「ウデ、ブツケタ」

ヤレックが顔をしかめながら、よろよろと立ち上がった。左腕を船尾の金具に強打したらしく、上着の肘の辺りに血が滲んでいる。

美和子は立ち上がると、辺りを見回した。近くに人家はなかったが、山の斜面に一軒の家が見えた。

「ヤレック。あそこの家で傷の手当をしてもらおうよ」

彼女はヤレックに手を貸して、一緒に歩き始めた。

砂浜を過ぎ、つづら折れの道を上ると、飯場のような建物があった。窓から中を覗くと、誰もいなかった。入り口の横に、「日鉄鉱業所、恵須取試掘作業所」という看板が掛かっている。安別炭鉱と同じ会社の作業所だった。

作業所の裏には、試掘のための溝が何本も掘られ、その前にスコップとつるはしが放置されていた。

長さが二メートルほどで幅が一メートルくらいの縦穴だから、露天掘りの炭層を探していたらしい。樺太の西海岸では、いたる所に炭層が走っている。ほとんどの炭鉱会社は、現在の炭層とは別に、新たな炭層を常に探していた。

作業所の中に入ると、中央にある机の上に、茶が入ったままの湯のみ茶碗が五個置かれたままになっていた。職員たちは慌しく避難したらしく、机の引き出しが開いたままで、床には書類が散乱している。突き当たりには裏口があり、ここから試掘溝に直接行けるようになっていた。

右手の壁を見ると、棚の上に救急箱が載っていた。

美和子は救急箱を持ってくると、ヤレックの傷の手当てを始めた。傷はそれほど深くなく、しばらくガーゼで押さえていたら、出血はすぐに止まった。消毒してから包帯を巻くと、彼を長椅子に横たえた。幸いにも、骨折はしていなかった。

「すこし休んでから、出発しようね。それまでに、服が乾くといいね」

言ってから、船に置いたままのリュックサックを取りに行った。

美和子は自分のリュックを背負い、ヤレックのリュックを手に持つと、砂浜に背を向け、山に向かって歩き始めた。

作業所の近くまで来た時、後ろのほうから人の話し声が聞こえた。

振り返ると、男が二人道を上ってくる。銃を提げていたが、着ているものは軍服ではなく、つぎはぎだらけの私服だった。一人が立ち止まると、こちらを指差し、「ドーチ」と叫んだ。ロシア語で「女だ」という意味だ。二人は美和子のあとを追って、一目散に走り出した。

美和子の心臓がどくんと跳ね上がった。

〈囚人兵だ〉

この時ソ連の艦船は、恵須取町のすぐ北にある塔路《とうろ》の町に迫っていた。ソ連軍は最初に凶悪な囚人兵を上陸させる。獄舎に繋がれていたものたちに銃を持たせて送り出すのだから、檻から放された猛獣と変わらない。行き会う男を、ためらうことなく殺し、女を見れば強姦した。美和子を追っている二人も、偵察のために送られた囚人兵だった。

美和子は慌てて作業所に飛び込むと、「ヤレック、助けてー」と大声で呼び掛けた。囚人兵の非道な行いについて、前にヤレックから何度も聞いていた。

ヤレックが起き上がった時、髪が伸び放題で、ひげ面の男が窓から中を覗き込んだ。男は後ろを振り向くと、もう一人に何かを言った。

ヤレックは裏口を指差しながら、大声で呼び掛けた。

「ミワコ、ニゲナサーイ」

彼女はヤレックのリュックを、床にすとんと置いた。しかし、それからの行動を決められずに、泣き出しそうな顔で、夫の顔を窺っていた。

「ハヤク、ニゲロー」

ヤレックがすごい剣幕で叫んだ。こんなに声を荒らげたのは初めてだった。

美和子は夢から覚めた顔をした。自分のリュックを背負ったまま、裏口を開けると、外に飛び出した。

数歩行って振り返った時、ヤレックの後姿が見えた。部屋の真ん中で、入り口のほうを向いて、仁王立ちになっている。彼の肩越しに、銃を構えて入ってくる二人の囚人兵が見えた。

彼女は深さ一メートルくらいの試掘溝を見つけると、中に飛び込んだ。ときどき顔を出して、作業所の様子を窺っていた。

ヤレックの声に続いて、男たちの怒鳴るような声が響き渡った。

それから辺りが急に静かになった。頭上にある木の枝から、小鳥が群れて鳴いているのが聞こえてきた。

〈三人で、一体何をしているのだろうか〉

美和子が不思議に思って首を伸ばした時、爆発音とともに、作業所の窓ガラスが割れ、裏口から黒い煙が噴出した。

彼女は驚いて溝の中に尻餅をついた。火薬の臭いが流れてくると、つんと鼻をついた。

辺りに静寂が訪れた。

それからいくら待っても、作業所からは誰も出てこなかった。

十分くらい経った頃だろうか。美和子は溝から出ると、こわごわと作業所の裏口に近づいた。

敷居の上に、ヤレックがうつ伏せで倒れていた。急いで逃げようとしたらしく、頭を外に向け、両手を真っ直ぐ前に伸ばしている。頭から流れ出た血が、頬を伝って床に落ちていた。そばには机の引き出しが転がっている。爆風で飛ばされた引き出しが、ヤレックの頭を直撃したと思われた。

作業所の床には壊れた机が転がっていた。その向こうに、二人の囚人兵が大の字になって横たわっている。どちらの兵士も、顔から胸に掛けて血で真っ赤に染まり、一人は千切れたリュックを持っていた。二人とも事切れているらしく、体を少しも動かさなかった。

ヤレックは美和子を遠くに逃がそうと思い、自分のリュックを兵士に渡して、時間稼ぎをしたのだろう。彼らがしゃがみ込んで、リュックの中を調べている時、安全ピンを抜いた手りゅう弾を、そっと足元に転がしたのだ。

手りゅう弾は、出発の前日に、アレクセイから渡されたものだ。彼は軍の兵士に知り合いが多いから、手りゅう弾を手に入れるのは容易だった。

美和子はヤレックを抱き起こすと、呻き声を上げた。

「うー、ひどいよー」

ヤレックは目を開けようとしなかった。しかし頬を何度も叩き、体を揺さぶると、うっすらと目を開いた。

「モウ、ダメダ」

消え入りそうな声で言うと、また目を閉じた。

「何を言っているの。二人で大泊まで行くんでしょ。お父さんとお母さんに会って、結婚の挨拶をするんだよ」

彼女はヤレックを抱き締めた。そうしながら、強く揺さぶった。

ヤレックが目を閉じたままで、悲痛な声を絞り出した。

「ミワコ、ゼッタイニ、シナナイデネ」

「分かったよ。絶対に死なないから。だからヤレックも元気になってね」

泣きながら返事をした。

彼は目を開くと、もう一度繰り返した。

「ゼッタイニ、シナナイデネ」

ぎこちない動作で、震える右手を上着のポケットに差し入れると、中から何かを取り出した。

「コレ、オマモリ」

か細い声で言いながら、美和子に差し出した。

彼が持っていたのは、ロザリオと呼ばれる数珠の付いた十字架だ。カトリックの信者はこれを手にして、数珠を繰りながら、聖母マリアへの祈りを唱える。

ヤレックは美和子の手にロザリオを渡すと、目を閉じた。かくんと顔を傾けると、自分の頭を妻の腕に預けた。

「ヤレック、死なないで。私たち、結婚したばかりだよ。夫婦なんだから、私を一人にしないでよ」

両手できつく、彼を抱き締めた。強く抱けば、生き返るかもしれない。

しかしいくら抱き締めても、美和子の願いは天に届かなかった。

彼女は体を床に投げ出すと、激しく泣き崩れた。

美和子は試掘溝の底で、ヤレックに添い寝していた。囚人兵と同じ床に、自分の夫を寝かせることはできなかった。そよ風が吹くと、黄金色のまつげが、タンポポの綿毛になって微かに震える。この目が開きさえすれば、吸い込まれそうに澄み切った瞳を見られるのに、いつまで待っても、まぶたは閉じたままだった。

彼女はさっきから、際限なく自分を責めていた。

〈息子が死んだことを知ったら、ヤレックの両親は私のことを恨むだろう〉

戦争が終わり、彼の両親に会った時のことを考えると、胸がきりきりと痛んでくる。

〈ヤレックと結婚したきっかけは、ウラジオストックに連行されることを避けるためだった。だから私がヤレックを殺したのと同じだ〉

自分がとった行動を、深く悔恨した。涙腺が壊れたのかと思うくらい、あとからあとから涙が流れ出た。

〈ヤレックを殺した私が、生き残るのは許されないことだ〉

美和子は目を閉じた。

〈こうしていたら、何日くらいで死ぬのだろうか〉

このままヤレックの横で死ぬつもりだった。

さっきまで聞こえていた鳥の声が遠くなり、やがて何も聞こえなくなった。

それからどれくらいの時間が経ったのだろうか。耳元に、さっきヤレックと交わした会話が蘇った。

「ミワコ、ゼッタイニ、シナナイデネ」

「分かったよ。絶対に死なないから。だからヤレックも元気になってね」

美和子は我に返ると、目を開いた。

〈そうだった。私が死んだら、ヤレックとの約束を破ったことになる〉

どうすれば彼が喜ぶのか、考えてみた。

〈私が自殺しても、ヤレックは喜ばない。前に、カトリックの教義では自殺は罪である、と聞かされた。彼の分も生き延びて、一人になっても大泊に行くことが彼への手向けになる〉

彼女は弾みをつけて起き上がると、ヤレックに別れの言葉を伝えた。

「ヤレック、私はしっかり生き抜いて、もう一度会いにくる。それまでここで、安らかに眠っていてね」

彼に覆いかぶさり、長いキスをすると、試掘溝から這い上がった。

そばにあった土砂の山に、両手を入れて土を掬い取ると、そっとヤレックに振り掛ける。これを何度も繰り返すと、彼の体が見えなくなった。今度はスコップを手にして、溝の中に土を落とし始めた。

やがて試掘溝はすっかり土で埋められた。

美和子は山の斜面に散らばっていたこぶし大の石を何個も運んでくると、十字架の形になるように、盛り上がった土の上に丁寧に並べた。石の十字架ができあがると、墓の前でひざまずき、しばらくの間、泣きながら黙祷した。

リュックを背負って立ち上がると、上着のポケットに手を滑り入れ、ロザリオに触ってみた。

〈これがあれば、私はいつもヤレックと一緒だ〉

こう思ったら、生きる気力が湧いてきた。

〈私は戦争と戦うんだ。絶対に負けない。一人になっても、生きて、生きて、生き抜くんだ。必ず大泊に行ってやる〉

己を奮い立たせるように、背筋をしゃんと伸ばすと、南の方角に目を向けた。

第五節　ソ連軍上陸

美和子は坂道を下りると、海沿いの道を歩き始めた。しかし、山の斜面に自分の心を置き去りにした心地で、足の動きも鈍りがちだ。のろのろと歩きながら、夫が眠る墓のほうを何度も振り返った。

そんな彼女を急かすように、北のほうから艦砲射撃の音が聞こえてくる。ソ連軍は確実に、こちらへ近づきつつあった。

それから三十分くらい歩いた時、美和子は不意に足を止めた。首をひねると、振り返って、遠くに目を凝らした。

〈どうして、誰にも会わないのだろうか〉

さっきから避難民に会わないことが不思議だった。ソ連軍が国境を越えて樺太に侵攻したことは間違いない。北の町から、大勢の住民がこちらに向かって逃げてくると思っていた。

その時、北の方角から爆音が聞こえた。数機の飛行機が海岸に沿って、こちらに向かって飛んでくる。先頭の一機が真上を通過する時、翼に赤い星がはっきり見えた。ソ連軍の戦闘機だった。

美和子は、戦闘機は敵の軍艦、戦車、戦闘機と戦うもので、人間を攻撃するとは思っていなかった。百歩譲って人を攻撃するとしても、対象は軍の兵士で、無抵抗の民間人を狙うとは考えなかった。搭乗員は凶悪な囚人兵ではなく、ピレオ村の住人やエレーナと同じロシア人の兵士だ。日本の民間人に敵意を抱くわけがない。だから道路の真ん中に立ち、空を見上げていた。

〈どこまで飛んでいくのだろうか〉

そのまま通り過ぎると思っていたら、最後の一機が編隊を離れ、轟音を立てながら急降下すると、美和子に向かって機銃を連射した。風防ガラスを通して、操縦士の笑う顔が見えた。

銃弾が地面に突き刺さると、道路に沿って、土ほこりが舞い上がった。足元から一メートルも離れていなかった。威嚇のためにわざと外したのか、狙って撃ったのに外れたのか、どちらなのか分からなかった。

戦闘機は海のほうに飛んでいったが、大きく旋回すると真っ直ぐこちらに戻ってきた。

〈ソ連の戦闘機は民間人も攻撃するんだ〉

美和子は慌てて路肩から下りると、潅木の中に飛び込んだ。もう一度銃撃されると思って身を縮めていたが、戦闘機は編隊のあとを追って、そのまま南に遠ざかった。

彼女の心臓は皮膚を突き破りそうな勢いで拍動している。

〈道理で、誰も道を歩かないわけだ〉

ようやく、避難民に会わない理由が見つかった。

この道路は遮るものがなにもないから、空から見たら、歩いている犬でも見えるだろう。操縦士が本気になれば、人間を撃つのは、野山で狩をするより楽なはずだ。

美和子は立ち上がると、道路には上がらず、滝木を掻き分けながら歩き始めた。町まではあと一時間も掛からないが、さっきの戦闘機を思い出すと、道路を歩く気はまったく起きなかった。


恵須取の町に入ると、ますらお川を渡り、岸辺の草むらに腰を下ろした。水筒の水を飲んでいたら、街のほうで空襲警報が鳴り響いた。これを聞くのは初めてだから、どうすればよいのか分からない。水筒を手にして立ち上がると、不安な様子で辺りを見回した。

「そんなとこさいたら、あぶないべさ」

背中越しに、女の声が聞こえた。

振り返ると、防空頭巾をかぶった中年女が手招きしている。リュックを背負い、大きな風呂敷包みを提げていた。

「あっちさ、防空壕があるから、わしに付いてこい」

女は美和子の返事を聞く前に歩き始めた。

女のあとを付いていくと、林務署を過ぎたあたりで、右手に防空壕の入り口が見えた。安別村に防空壕はなかったから、見るのは初めてだった。

女は立ち止まって振り向くと、人懐っこい笑顔を見せた。

「あそこが防空壕だ。隣の家が掘ったんだけど、広いから、入れてくれるよ。わしが頼んでやる」

坂道を上ると、山の斜面を削ってつくられた高台に出た。崖に作られた防空壕の入り口は、板蒲鉾の断面みたいな形をしている。腰をかがめて中に入ると、ロウソクの光に照らされた人間の顔が見えた。全部で四人いる。そのうち二人は、五、六歳くらいの子供で、残りの二人は若い女と高齢の女だった。

みんなは向かい合わせになって、木のベンチに座っていた。背中が土に触れないように、壁には炭《すみ》俵《だわら》が吊るされている。壕の内部は、古い角材を使って補強され、大人が立てるくらいの高さがあった。水はけをよくするために、地面には砂利が敷かれ、壁際にスノコが置かれていた。

女が中の四人に声を掛けた。

「ちょっとー、この人も、入れてやってけれ」

それから美和子に向かって、「わしは家の防空壕に入るからな」と断ると、外に出ていった。

ベンチの端に座っていた三十くらいの女が、体をずらせて奥に詰めると、美和子に向かって自分の隣を指し示した。

美和子は頭を下げると、リュックサックをスノコの上に載せてから、ベンチに腰を下ろした。外では相変わらず空襲警報が鳴り渡っている。爆音はまだ聞こえないが、しばらくの間ここにいることにした。

隣の女が美和子に話し掛けた。

「あんた、この町の人じゃないよね」

「安別村から来たんです」

「へー、そんな遠くから来たのかい。あそこは国境の近くだから、ひどいことになっているんでしょ」

「村は艦砲射撃で、めちゃめちゃになりました」

「ひどいねー。……それで、一人で来たのかい？」

女は訝しげに訊いた。

「いえ、そうじゃないんですが……」

美和子は言いよどんだ。

〈ヤレックのことを、どう話したらよいのだろうか〉

彼のことを話すべきか否か迷っていたら、飛行機の爆音が近づいてきた。

みんなは不安そうに頭上を見上げた。

どーんという腹に響く音が聞こえると、上から土がぱらぱらと落ちてきた。この近くに爆弾が落ちたらしい。

女の子が悲鳴を上げると、女にすがりついた。

「母さん、おっかない（怖い）よ」

これを潮に、二人の会話は終わり、壕の中は静かになった。

暗くなっても、空襲警報はひっきりなしに鳴っていた。けれども、飛行機の爆音が聞こえるだけで、爆弾の音は聞こえなくなった。

美和子は街の様子を見ようと思い、防空壕を抜け出した。

外に出て市街地を見下ろした時、雷に打たれたみたいに立ちすくんだ。目の前に広がる光景がこの世のものとは思えなかった。

海に沿って南北に八キロもある恵須取の町が、照明弾に照らされて、真昼のように浮き上がっている。丘の上にある恵須取無線局の大鉄塔二基が、不気味なくらいに輝いていた。焼夷弾《しょういだん》が投下されると、空から地上に向かって、無数の火の筋ができる。見ていたら、絶えることなく降ってくる火の雨を連想した。

焼夷弾というのは、市街地や家屋を焼き払うための爆弾で、発火性の薬剤が装填されている。ソ連軍機が投下しているのは「モロトフのパンかご」と呼ばれる焼夷弾だった。これは、いわゆる「親子爆弾」の一種で、投下された親爆弾は、空中で回転しながら、周囲に六十個もの焼夷弾を放出する。この子爆弾が着弾すると、木と紙でできている日本の家屋は一瞬にして炎に包まれる。モロトフというのは、当時のソ連外相の名前だ。

炎を吹き上げているのは、家や倉庫だけではなかった。港の岸壁にある重油のドラム缶に火が入ると、つぎつぎ空中に飛び上がり、火を噴いて落下した。

燃えている民家を見ながら、美和子は戦慄していた。

〈あそこの家が無人だという保証はない。中には、逃げ遅れた人間がいるかもしれない。逃げたくても、逃げられない病人がいるかもしれない〉

そんなことにお構いなく、爆撃機の搭乗員は飽きることなく焼夷弾を投下した。

〈彼らは何も感じないんだ。戦時下では、人間の心が麻痺してしまう〉

そうとしか思えなかった。

壕の入り口が明るくなって、八月十三日の朝になった。

壁にもたれてまどろんでいた美和子は、外から聞こえる叫び声で目を覚ました。

「ソ連軍だー。港に上陸したー。ソ連軍だー」

メガホンの声がこちらに向かってくる。

壕の前で足音が止むと、砂利を踏み鳴らしながら、誰かが中に入ってきた。戦闘帽を被った男らしいが、逆光だから顔がよく見えなかった。

隣の女が教えてくれた。

「隣組の班長さんだよ」

班長は悲痛な声で報告した。

「お知らせします。ソ連軍が上陸しました」

一呼吸置いて、喉の奥から、痛恨極まりない言葉を絞り出した。

「うー、まことに無念です。もうどこへも逃げられません。最後の時がきました。さあ、覚悟をしていただきます」

言ってから、両手で持っていた蓋のない箱を砂利の上に置いた。

箱の中には三個の湯飲み茶碗と、赤ぶどう酒の瓶が入っていた。ぶどう酒には青酸カリが入っているのに違いない。

みんなは前もって知らされていたのか、誰も声を出さなかった。大人はもちろん、子供さえも、泣き出すことはなかった。うつむいたまま、何も言わずに、班長の言葉を聞いている。

班長は壕の中を見回すと、最後の指示を出した。

「先に子供たちに飲ませて、それから大人が飲んでください」

その後、「私はほかに行くところがありますので」と言って、壕を出ていった。

美和子は弾けるように立ち上がった。さっきから無性に腹が立っていた。

〈いくら班長といえども、他人に自決を迫る権利なんかない〉

彼女は入り口まで行くと、班長が置いた箱を力まかせに蹴倒した。かちゃんという音がして瓶が割れ、ぶどう酒が流れ出ると、砂利の中に吸い込まれた。

奥のほうで女が「あー、こぼれたー」と叫んだ。落胆しているのか、喜んでいるのか、どちらとも分からない口調だった。

「みなさん、まだあきらめないでください。外の様子を見てきますから、ここで待っていてくださいね。死んだらだめですよー」

美和子は大声で言い置くと、そのまま壕から外に出た。

この日、恵須取町の北二十キロにある塔路の町も、大混乱に陥った。「海岸にソ連軍が上陸した」という一報を受けると、町民に避難命令が出された。深夜になると町民は、身の回り品や食糧をつめたリュックを背負い、防空壕を飛び出した。山道を上り、東の大平《たいへい》炭鉱に向かって、八キロの道を山越えした。

たった一本の急な山道に二万人近くの人間が押し掛けた。辺りが薄明るくなっても、人の流れは途切れることがなかった。遠くから見ると、人間が滝になって山肌を流れ落ちている。その背後からソ連の戦闘機が轟音を上げて襲い掛かった。しかし幸いにも威嚇射撃だけだったので、死傷者は出なかった。避難民は歩き続け、全員が無事に太平炭鉱に到着した。

一方、町に残った町民たちは山峡に避難すると、三菱炭鉱の第二坑に身を潜ませた。

ところが、ソ連軍上陸の一報が入った時、恐ろしい計画が立案された。それは「老人や婦女子がソ連軍に捕らえられたら、女は強姦され、ほかのものは惨殺される。それならば、男たちが義勇隊としてソ連軍に斬り込む前に、自分たちの手で家族を殺そう」というものだった。

この目的のために、千四百人もの老人や婦女子が残る坑道の坑口は、土嚢《どのう》で密閉され、通風管にダイナマイトが仕掛けられた。

爆破担当の戸田は、スイッチに指を掛けて命令を待っていた。指を震わせながら泣いていた。

ついに、義勇隊の本部から「直ちに坑道を爆破せよ」という命令が来た。

しかし彼は、スイッチを押さなかった。

〈俺の指には、千四百人もの同胞の命がかかっている〉

こう思うと、どうしても指に力が入らなかった。

戸田がためらっていたら、再び本部から命令が入った。今度は「坑道の爆破を中止せよ」というものだった。

彼はスイッチから指を離すと、その場にへなへなと崩れ落ちた。それからしばらくの間、体を震わせて号泣した。

こうして「樺太最大の悲劇」は実行寸前で回避された。

第六節　邂逅

美和子は防空壕の外に出ると、眼下の光景を見た。

街は火の海だった。すぐそばの元町と中島町も燃えていた。南北に伸びる港の岸壁ばかりか、港に面した本町、南浜町、稲船町からも、大きな炎が上がっている。

遠くに目を凝らすと、製紙工場付近に、多数のソ連兵が見えた。ソ連軍は、町で一番大きな王子製紙関連の建物を占拠していた。

高台の東側で、数人の人影が動き回っていた。最初はソ連兵だと思ったが、よく見たら日本軍の兵士だった。あそこに防衛陣地があるらしい。

戦況を知りたかったので、そちらに向かって歩き始めた。なによりも、この町から脱出できるか否かを知りたかった。隣組の班長が言った「もうどこへも逃げられません」という言葉を信じていなかった。

五十メートルほど行くと、軍が掘った大きな防空壕があった。壕の入り口付近には、陸軍の曙部隊の兵士が十人ばかり陣取っていた。机に向かって、かたかたと無線のキーを叩いている。机上には何台も無線機が並び、仮設のアンテナも立っていた。

　突然甲高い女の声がした。

「王子病院前に、ソ連兵七人」

　すぐに、復唱する声が聞こえた。

「王子病院前に、ソ連兵七人」

　この声も女の声だった。

　声がするほうを見たら、二人の若い女の姿があった。一人は立って、双眼鏡を市街地に向けている。もう一人はしゃがんで、ノートに何かを書いていた。離れたところにも三人の女がいて、忙しそうに動き回っている。一人は地面を這っている電話線らしいものを巻き取っていた。全員が短髪の頭に白鉢巻を結び、国防色の制服を着ている。国防色というのは、今でいうカーキ色のことだ。彼女たちの足元に目を向けると、ゲートルを巻き、地下足袋をはいていた。

　立っている女が後ろを振り向いた時、美和子と目が合った。女は一瞬訝しげな目をすると、大声で叫んだ。

「あれー、藤田先輩だー」

　美和子も、負けないくらいの大声を上げた。

「あらー、雪ちゃんだー」

　女は師範学校で一年後輩の竹中雪子だった。

　雪子は恵須取町の出身だ。美和子が安別村に赴任した年の五月に、父親が交通事故で急逝したので、師範学校を中退すると、実家の金物店で働き始めた。彼女は眉毛と目がきりっとして、体格がよく、学校一の俊足の持ち主だった。しかし勉強は得意ではなく、試験が近づくと、美和子に勉強を教えてもらった。二人が知り合ったのは偶然だ。ある日雪子が、図書室で勉強していた美和子に質問したことがきっかけだった。一年違いでも二人は仲がよかった。

雪子は、離れたところにいる女に近づくと「山本さん。悪いけど、交代して」と声を掛け、持っていた双眼鏡を手渡した。

こちらに戻ってくると、美和子に訊いた。

「樺太の日本人に、緊急避難命令が出たんだよ。町の人は昨日までに避難したのに、どうして藤田さんはここに残っているの？」

美和子は、何のことか分からなかったので、きょとんとした顔をした。

雪子は、美和子を草むらに座らせると、自分も腰を下ろして話し始めた。

十一日の早朝、ソ連機が恵須取町を空襲した時、町では、老人や子供を上恵須取《かみえすとる》に疎開させることになった。上恵須取は、ここから南東に二十一キロ内陸に入ったところに位置し、市街地には二百戸ほどの人家が並び、周辺には三百戸くらいの開拓農家と造材人夫小屋が散在している。

恵須取町に残った十五歳から六十歳の男子は、義勇戦闘隊員として招集された。女子は十八歳以上で、子供のないものから、志願者だけが招集された。町からは、八十四人の女が志願した。雪子は町の誰よりも早く志願した。家族と水杯を交わすと、一昨日の朝入隊した。

女子隊員は、正式には「軍防空監視所女子隊員」という肩書きだが、町民からは「女子監視隊員」と呼ばれている。彼女たちは、戦闘には加わらないが、海、陸、空の監視、電話報告、航空気象観測、手旗信号、電話線の架設などの任務についていた。

ソ連が日ソ不可侵条約を破棄し、対日宣戦を布告したのは八月九日のことだった。翌十日には樺太庁長官が、日本人の引き揚げを議題にして、緊急会議を招集した。樺太には四十万人もの日本人がいる。婦女子全員に加え、男は十六歳未満の子供と六十歳以上の高齢者を優先し、第一陣として男女合計十六万人を、真岡、本斗《ほんと》、大泊の港から内地に送り出す計画が立てられた。この緊急避難命令が、樺太全土の市町村に知らされたのは、今朝のことだった。

雪子はこんなことを話すと、真剣な目つきをした。

「すぐに引き揚げたほうがいいよ。引き揚げ船は真岡からも出るよ」

今朝届いたばかりの情報を教えてくれた。

美和子は迷い始めた。緊急避難命令が出て、状況が大きく変わったからだ。

樺太の南端にある大泊まで行くより、西海岸にある真岡に行くほうが断然近い。恵須取町から真岡までは二百四十キロだが、大泊までは三百七十キロもある。本斗も西海岸にあるが、真岡よりも南に位置している。

両親には大泊に行くことを知らせていない。だから彼らは、娘のことは気にせずに、二人だけで大泊から船に乗って、北海道に引き揚げるはずだ。どこから船に乗っても、三人が行き着く先は旭川の自宅だから、なにも問題は起きない。

そんなことより、一日でも早く、樺太から脱出することが先決だった。港がソ連軍に占拠されたら、北海道に帰ることはできなくなる。

「決めた。私は真岡で船に乗る。だから、海岸道路を歩いて久春内に行くよ。そこから真岡までは汽車にする」

美和子が言うと、雪子は反対した。

「それはだめだよ。海岸道路のほうが近いけど、艦砲射撃を食らったら、一巻の終わりだからね。このあたりの海には、露スケの潜水艦や軍艦がうじゃうじゃしている。アメリカの潜水艦も入っている。海岸道路を歩くなんて、どうぞ撃ってください、と言っているのと同じだよ。だから私たちと一緒に上恵須取まで行こうよ。そこから山道を通って久春内に行ったほうがいいよ」

雪子たちは、交代で休養をとるため、現在の第四陣地を撤収して、上恵須取に置かれた第五陣地に向かうところだった。露スケというのはロシアやソ連の国家、さらにはその国民や軍隊の兵士を意味する蔑称だ。

雪子の話には説得力があった。上恵須取経由で久春内に行く場合、山越えするから時間は掛かるし、道も険しいが、こちらのほうが格段に安全だ。

しかし、この行程には大きな問題があった。上恵須取に行く道は町の東外れにある。そこに行くためには、ソ連軍が占領している街の中を通らなければならない。

このことを雪子に言うと、力強い返事が返ってきた。

「私が守ってあげるから、安心して。藤田さんは先生だから、これからの日本には、なくてはならない人だ。兵隊さんが乗ったトラックのあとに、私たちのトラックが付いていけば大丈夫だよ」

雪子は言ってから、壕の前を指差した。そこには、軍用トラックと炭鉱会社のトラックが、一台ずつ停まっていた。

美和子は防空壕に残っている町民のことを思い出した。

「あのトラックに、あと四人乗れるかな」

「大きなトラックだから、大丈夫だよ」

「それじゃ、防空壕にいる人たちも一緒に乗せていってくれない。みんなに知らせてくるから」

美和子は立ち上がると、歩き出した。けれども途中で引き返してくると、雪子の目をじっと見つめた。

「雪ちゃんも、私と一緒に樺太から引き揚げよう。義勇隊は志願だから、抜けてもいいんだよ。旭川の家は広いから、一人くらいどうにでもなるから」

美和子が誘っても、雪子は首を縦には振らなかった。切れ長な目から鋭い光を放射すると、断固として言い切った。

「私は引き揚げない。ここに残って、露スケと戦うよ。命にかけても、恵須取の町を守るつもり。だって私はここで生まれたんだよ」

細い眉を吊り上げると、鉢巻を締め直した。彼女は愛国心が強く、師範学校にいた時、美和子と何度も論争したことがある。

美和子は雪子の両手を握り締め、必死で説得した。

「雪ちゃん、そんなのだめだよ。死んだら負けだよ。何が何でも、生き抜かなきゃ。お願いだから、命を粗末にしないで。そうすれば、また二人で勉強できるよ。だから一緒に船に乗ろうよ」

雪子は返事をする代わりに、足元に置いた布製の肩掛けカバンに手を掛けた。中を開き、紙の包みを取り出すと、美和子に差し出した。

「藤田さん、露スケに襲われた時の自決用に、好きなほうを使って」

包みを開くと、出てきたのは手りゅう弾と短刀だった。短刀は母親から、手りゅう弾は軍から渡されたという。

美和子は手りゅう弾を見た瞬間、ヤレックのことを思い出した。胸の底から大きな悲しみが突き上げてきた。

迷わず返事をした。

「私は短刀がいいよ」

手りゅう弾を見ると悲しくなるし、何よりも暴発が恐ろしかった。鞘つきの短刀なら、持ち運んでも危険はない。

「だけど私は、自決には使わない。自分を守るために使う」

美和子は雪子の目を見据えると、力強く断言した。

第七節　敵中突破

いよいよ出発の時が来た。軍用車には十一人の兵士が乗り、後ろのトラックの荷台には、防空壕にいた四人と美和子を取り囲むようにして、五人の女子監視隊員が乗り込んだ。このトラックは恵須取町の炭鉱会社が軍に供出したもので、運転手は会社専属の田口という男だった。

軍のトラックが動き出すと、会社のトラックも発進した。二台の車は離れすぎないように、速度を合わせて走り出した。

坂道を下りた時、不気味な爆音が近づいてきた。浜市街の上空にソ連の双発機が見えている。七、八機が編隊になって、真っ直ぐこちらに向かってきた。

前のトラックが停まると、後ろのトラックも急停止した。その反動で美和子たちは、こぼれるように荷台から飛び下りると、目の前にある映画館の新富座になだれ込んだ。防空壕にいた二人の子供は監視隊員に背負われている。広い客席に飛び込むと、椅子の間に体を潜り込ませ、両手で頭をかばった。

途端に爆撃が始まった。ずしーんという音が腹の底に響き渡ると、建物全体が揺れ動き、床が跳ね上がった。天井の照明が落ち、舞台の垂れ幕も落下した。爆撃は一度で終わらず、何回も繰り返された。

みんなは震えながら、声も出さずに、ひたすら時が過ぎるのを待っていた。

やがて爆撃は終わり、爆音が遠のいた。

真っ先に外に出た美和子は、眼前の光景に言葉を失った。軍のトラックは横転し、運転席が潰れていた。何人かの兵士が荷台から投げ出され、道路の上に横たわっている。向かいにある郵便局から炎が噴出し、その前にあるポプラの木が、真っ赤な火柱になって燃えていた。

運転手の田口と三人の兵士が、新富座の隣にある喫茶店の光月堂から、よろめきながら現れた。

「車がやられたか。ちくしょうめ」

額から血を流した兵士が、うめき声で言った。

田口が会社のトラックの運転席に飛び乗った。中をあちこち調べると、嬉しそうな声を上げた。

「こっちのトラックは使えるぞ」

兵士の一人が雪子のところに来ると、厳しい顔つきをした。

「トラックは、君たちが乗る一台だけになった。それでも、行くのか？」

「何が何でも、行きます。避難民を無事に上恵須取に連れていくのが、われわれの任務です。露スケには絶対に負けません」

彼女は決意を込めて返事をした。

「そうか。われわれはここに残る。あのままでは、放っておけない」

兵士はこう言って、道路に横たわっている兵士を指し示した。

「気をつけて行けよ」

彼は雪子の肩を叩くと、横転している軍のトラックのほうに歩いていった。

炭鉱会社のトラックは、みんなを乗せると、再び動き出した。爆音が聞こえないうちに、急いで街を出なければならない。最初のカーブを右折すると、直線道路に入って速度を上げた。

左折して第二小学校の前に差し掛かった時、向こうから消防車が走ってくると、近くまで来て急に速度を落とした。トラックが停止して待っていたら、消防車もそばに来て停止した。消防車には怪我人がしがみつき、タイヤにも、車の後部にも、銃撃を受けた痕があった。

消防車の運転手がドアを開けると身を乗り出した。

「この道は危険だぞ。俺たちは途中まで行ったけど、戻ってきた。王子工場の松林に二十人くらい、薬局の近くには三十人くらいのソ連兵がいる」

これを聞くと、田口運転手は発進するのをためらった。けれども女子隊員の一人が「田口さん、早く車を出して」と催促すると、その声に突き動かされるように、アクセルを踏み込んだ。

車は加速しながら王子橋を渡り、左車輪を浮かせて直角に曲がると、王子社宅街に差し掛かった。

その時、右手の王子病院裏からトラック目がけて、自動小銃が乱射された。

荷台の上から、悲鳴がほとばしった。みんなは重なり合って、荷台に這いつくばると、前の人にしがみつき、体を丸めて固くした。銃弾が髪の毛を掠めて飛んでいくと、びしびしと音を立てて反対側の荷台の枠に突き刺さった。

車は飛ぶ勢いで直進すると、急カーブを切って右折した。運河の橋を渡ると、上恵須取に向かう山道を上り始めた。

荷台のみんなは、つぎつぎ起き上がると、大きく息を吐き出した。互いの体を確認し合い、全員の無事に安堵した。

「みんな、やったね。敵中突破だよ」

雪子の言葉に、ほかの隊員は両手を上げて万歳をした。

やがて車は肝太《かんた》という村に差し掛かった。道路の行く手には、早くに町を出た避難民の一団が見えている。ここから上恵須取までは十三キロの距離だから、あと三時間も歩くと、彼らは一休みできるだろう。

辺り一面は燕麦《えんばく》畑だった。緑のうねが八月の風に吹かれ、波になって揺れている。その向こうにはジャガイモの白い花が咲き、平和な田園風景が広がっていた。ついさっきまで、銃火の間を逃げ回っていたことなど、別世界のことのようだ。

隊員の一人が「あ、爆音だー」と不安げな声を上げた。振り返ったら、双発のソ連機が四機の編隊を組んでこちらに向かってくるのが見えた。

トラックが軋んだ音を立てて急停止した。

美和子と五人の監視隊員が、先に地面に飛び降りた。

美和子は背中からリュックを下ろすと、足元に置いた。振り向いて、防空壕の四人に手を貸そうとした時だった。トラックの右車輪が、見えない糸で引かれるように、ゆっくりと浮き上がった。車が急停止した時、勢い余って左側に寄り過ぎ、左車輪が路肩から外れていた。

荷台の四人は腰をかがめ、悲鳴を上げながら、荷台の枠にしがみついた。トラックはそのまま土手の下に転がり落ちた。

田口運転手の絶叫する声が、尾を引きながら遠ざかった。

この時を待っていたかのように、急降下したソ連機から、道路の前方に爆弾が投下された。

美和子は後ろから、誰かに押し倒された。目の前が真っ赤になると、轟音が空気を震わせ、耳が聞こえなくなった。背中に人を背負ったまま、体が一瞬宙に浮いたが、すぐに地面に叩きつけられると、それきり何も分からなくなった。


頬に風を感じて目を開くと、地面に置いたリュックの上に、うつ伏せで倒れていた。耳鳴りがして、無音の世界に置かれている。背中がひどく重たかった。体を横に向けたら、その拍子に誰かが背中から滑り落ちた。顔を見たら、雪子だった。呼び掛けても、目を瞑ったままで、返事をしなかった。

美和子は慌てて起き上がった。

雪子のズボンから血が流れ出て、地面に溜まっている。よく見ると、ズボンの左腿に直径二センチくらいの穴が開いていた。内側を調べたら、大きな傷口が開いている。そこから尖った爆弾の破片が突き出して、周りから血がぶくぶくと溢れていた。

「早く血を止めなきゃ。早く血を……」

美和子は同じ言葉を何度も繰り返した。上着のポケットから三角巾を取り出すと、雪子の左腿をきつく縛り、応急処置をした。

向こうで誰かが、悲痛な声で叫んだ。

「トラックが落ちちゃったよー」

別の隊員が涙声で絶叫した。

「ひどいよー。このままだったら、五人とも焼け死んじゃうよー」

美和子が路肩に行って下を見ると、横転してこちらに車輪を向けたトラックが、ボンネットから黒煙を上げている。燃料タンクに火が入ると、大きな爆発音がして、車は炎に包まれた。

美和子は頭を抱えると、その場に崩れ落ちた。

〈あの時四人は自決を免れたのに、こんなところで死ぬなんて〉

母子の顔を思い出すと、目から涙が噴出した。

四人の女子監視隊員のうち、一人は左手を怪我していたが、ほかの三人はほとんど無傷だった。畑にあったムシロに滝木の枝を差し込んで、急ごしらえの担架を作ると、その上に雪子を寝かせた。

隊員の一人と美和子が担架を担ぎ、道路を歩き出した。急いで雪子を上恵須取の第五陣地に連れていって、軍医に診てもらわなければならない。

背中のほうから爆音が聞こえた。振り返ると、ソ連の戦闘機が六機の編隊を組んで、真っ直ぐこちらに向かってくる。

みんなは慌てて道路脇の滝木の中に飛び込んだ。

美和子は両手を広げ、草むらに置いた担架の上に覆いかぶさると、雪子の体をしっかり抱き締めた。

「今度は私が弾除けになるからね。死んでも、雪ちゃんから離れないよ」

雪子の耳元で、固く約束した。

しかし戦闘機の編隊は、美和子たちの上を通り過ぎていった。前方の避難民めがけてつぎつぎ急降下すると、ばりばりと機銃を乱射した。避難民は、列を乱してちりぢりになると、道路の両側に駆け下りて、潅木の中に身を隠した。

しばらく経って避難民が道路に戻ると、戦闘機は待っていたかのように、再び襲い掛かった。その攻撃は狂気に満ちていた。避難民の背後から、列に沿って飛びながら機銃を連射し、集団の先頭を通過すると、大きく反転した。こちらに戻ってくると、さっきと逆方向に飛びながら、執拗に避難民を攻撃した。逃げ遅れた避難民が銃弾に当たり、道路上にばたばたと横たわった。

美和子たちは道路を離れると、草むらに分け入り、難儀をしながら、山越えで上恵須取に向かった。第五陣地に着いた時、辺りは真っ暗だった。義勇隊の本部がある郵便局の前に、何人かの兵士が出て、美和子たちの到着を待っていた。第四陣地から、「女子監視隊員が避難民と一緒にそちらに向かった」という連絡を受けていた。

軍医に雪子を預けると、みんなは水がめに殺到して、何杯も水を飲んだ。土間の上に倒れるように体を投げ出すと、深い眠りに落ちた。

美和子は夢を見ていた。

防空壕の中にいた四人が真っ黒焦げの体で立ち上がると、こちらに歩いてきた。

若い女が鋭い口調で美和子を非難した。

「あんた、どうしてくれるのさ。こんな、ひどい姿で死んじゃったよ。あの時、自決していれば、きれいな体のまま、苦しまずに死ねたのに」

女の娘が美和子を指差して断罪した。

「悪いのは、箱を蹴飛ばしたこのおねえちゃんだ」

男の子が泣きながら訴えた。

「体が燃えて熱かったよー。腕が千切れて、痛かったよー」

白髪を振り乱した老女は、自分の顔を指差した。

「こんな真っ黒の顔じゃ、ご先祖様に申し訳ない。三途の川も渡れないよ。元の顔を返してくれよ」

美和子は夢の中で泣いていた。泣きながら謝っていた。

「ごめんなさい。ぜんぶ私が悪いんです。私のために、何人も死にました。私は呪われた女です」


誰かに呼ばれて目を開いた。天井からぶら下がっている裸電球が目に眩しい。横を向くと、沈痛な表情をした軍医の顔が見えた。

美和子は飛び起きると、真っ先に訊ねた。

「雪ちゃんは気がつきましたか？」

軍医は俯くと、力なく首を横に振った。その拍子に涙が零れ落ちた。

「竹中の手を、握ってやってくれないか」

これだけ言うと、うなだれたまま向こうに行った。

美和子がベッドに駆けつけた時、雪子の顔は死んだイカのように白かった。

雪子の手を握り締めると、必死に呼び掛けた。

「雪ちゃん、雪ちゃん、死なないで」

雪子がふっと目を開いた。

「わたしの、ぶんも、いき、のびて。……ずっと、せん、せいを、つづけてね」

途切れ途切れに言うと、目をつぶった。

美和子は雪子の体を揺さぶりながら絶叫した。

「だめだよー。こんなところで、死んだらだめだよー。一緒に船に乗って、旭川に行こうよ。雪ちゃん、目を開けて」

けれども雪子の目は二度と開くことはなかった。

美和子の涙が雪子のまぶたを叩くと、悲しみの流れになって頬を伝い落ちた。

唐突に静寂が訪れると、吹き込む夜風が葬送曲を奏で、虫が窓の下で鎮魂歌を歌い始めた。

〈雪ちゃんは私の身代わりになって死んだ。私が殺したのと同じだ。やっぱり私は呪われている〉

美和子は壁に体を預けると、大声で泣きながら、何度も、何度も、壁にこぶしを打ちつけた。幼い子供みたいに、体をよじらせて泣き喚いた。

後ろに立っていた軍医が教えてくれた。

「場所が悪かった。……爆弾の破片が動脈を切り裂いていた。……出血多量で死んだ。……手術したけど、間に合わなかった」

彼の口ぶりは「彼女が死んだのは、俺の責任だ」と言わんばかりだった。

第八節　死の逃避行

夜が明けて、八月十四日の朝を迎えた。

雲ひとつなく晴れ渡り、日中は暑くなりそうな天気になった。正午を過ぎた頃、美和子、女子監視隊員、兵士たちの涙に見送られ、雪子は野焼きにされた。

骨揚げのあと、西条軍医が美和子のところに来ると、頬を引き締めた。

「私が責任をもって、お骨を恵須取町の実家に届けるつもりだ。だから君はすぐに出発しなさい。竹中もそれを望んでいるはずだ。ぼやぼやしていたら、ソ連軍に港を封鎖される。無事に北海道に帰ることが、仏さんの供養になる」

美和子は泣きながら頭を下げた。

「それじゃ、雪ちゃんのお骨をよろしくお願いいたします」

本当は自分が竹中金物店に赴いて、遺骨を母親に手渡したかった。

美和子は軍医の言葉をありがたく受けると、第五陣地を後にした。リュックの中には、乾パン、砂糖をまぶした大きな握り飯、塩辛いサケの切り身などの食糧が入っている。全部、義勇隊の隊長が持たせてくれた。

上恵須取から鉄道が通る町に出るには、二つのルートがある。ひとつは、樺太の中央山脈を越えて東海岸に出る七十六キロのルートだ。この道路は内路《ないろ》と恵須取を結ぶから「内恵《ないけい》道路」と呼ばれている。もうひとつは、七十キロの「殖民道路」を通って西海岸に出て、さらに四十五キロ南下するルートだ。東に向かうと、内路駅から樺太東線の汽車を、西に向かうと、久春内駅から樺太西線の汽車を利用できる。

美和子は殖民道路を行き、西海岸にある久春内から汽車で真岡を目指すつもりだった。この道を行くには、三つの山頂を結ぶ高さ千百メートルの尾根を越えなければならない。しかも途中には果てしない樹海が広がり、ヒグマが出没する。屈強な山男でも、行くのをためらうほどの山道だった。

町外れに出て、家並みが切れているところに来ると、道路の行く手は避難民で埋まっていた。ほとんどが、女、子供、老人だった。

当時この地方の人口は、恵須取が三万九千人、塔路が三万人、北小沢《きたこざわ》方面が二万六千人で、合計九万五千人の人口があった。その半分が避難したとしても、およそ四万七千人の人々が、短期間にこの道路に殺到したことになる。避難民は人の川になって、道の上を流れていた。

美和子は列の後ろにつくと、みんなと歩調を合わせて歩き始めた。

隣を歩く女は、米や着替えの入った風呂敷包みを持って、布団を背負って歩いていた。けれども疲れてくると、はじめに布団の綿をちぎり取って捨て、つぎに米を捨て、最後に着替えを落としていった。

前方を見ると、避難民が捨てたものが道路上に点々と続き、途切れることがなかった。あとから来る避難民は、そんなものには目もくれなかった。

子供は疲れると、立ち止まるから親とはぐれてしまう。親も疲れると、子供を探す体力も気力もなくなるから、そのまま歩き続ける。道路脇には、親に捨てられた何人もの子供が泣きながら佇んでいた。そんな子供に話し掛ける人間は、ほとんどいなかった。

すぐ前を行く女は、赤ん坊を背負い、片手に大きな風呂敷包み、もう片手に幼児の手を引いていた。途中で幼児は「足が痛いよう」と言って地べたに座り込んだ。すると母親は、着物の帯を子供の腰に巻きつけると、荷物のように子供を引きずりながら歩き始めた。

そのうち子供の膝の皮が剥けて血が出てきた。さらには、子供の腹に帯が食い込んで、千切れそうになった。子供は苦しさのあまり失神したのか、白目を剥いて、口から泡を吹き出した。それでも母親は、吊り上げた目を前に向け、帯の端をしっかり握り、憑かれたように歩き続けた。この母親にとって大事なのは「子供に結び付けた帯を離さない」ということだけで、子供の体を気遣う余裕はまったくなかった。

道路脇の草むらで、弱弱しい赤ん坊の泣き声が聞こえた。避難民は「また捨て子だ」と言って、そのまま通り過ぎた。赤ん坊のそばには、哺乳ビンが置かれていた。捨てるわが子にミルクを残した母親のことを思うと、胸が苦しくなる。彼女が子供のために、最後にしてやれることは、これしかなかったのだろう。

老人が布団ごと捨てられていた。彼は両手を合わせ、通り過ぎる避難民に向かって、「この金を全部やるから、わしを連れていってくれ」と札束を見せつけた。しかし足を止めるものも、声を掛けるものも、誰一人としていなかった。みんなは汚物を避けるように、老人を迂回した。


ぎらぎらと照りつける八月の陽の下で、こんな光景が繰り広げられた。


美和子は泣きながら歩いていた。ひどく悲しく、惨めだった。これまで教壇に立って「親に孝行すること」「老人を敬うべし」「子供をいつくしむこと」などと教えたことが、すべて虚しかった。自分も含めたすべての人間が、己だけに執着し、本能で行動する一匹の動物になり下がっていた。

突然背後から爆音が聞こえた。

美和子は避難民たちと一緒に、列を乱し、道路から駆け下りた。二機の戦闘機が、避難民の上を舐めるように飛行しながら、機銃を連射した。逃げ遅れた避難民が、続けざまに道路に倒れ込んだ。

戦闘機が去ると、避難民は再び道路に戻り、南を目指して歩き続けた。ソ連機に攻撃されるたびに、恐怖と疲労で、みんなはますます寡黙になった。誰もが一個の機械になって、無感情に足を動かしている。背後の道路上には、荷物が散乱し、その間に撃たれた避難民が転がっていた。

地獄と化した樺太で、避難民は亡者になって、ソ連の鬼たちに追い立てられた。ここでは万人が平等だった。死神は、金持ちと貧乏人、男と女、大人と子供を区別しないで訪れる。突然現れるソ連機に、撃ち殺される確率は、避難民全員が同じだった。自分は生き残っても、隣のものには死が訪れる。つぎの攻撃では、これが逆になっても不思議はなかった。

美和子は連日歩き続けた。いつの間にか、集団を抜け出していた。ずっと遠くに、数人が見えるだけで、自分の周りには誰もいなかった。連れはいないし、荷物はリュックだけだから、ふつうに歩いても、ほかの人より速くなる。

頭の中には、「北海道」の文字だけが浮かんでいる。これ以外のことは考えなかった。彼女に課されているのは、無事に生き延びて北海道に着くことだけだ。爆音が聞こえたら木陰に隠れ、ソ連機が去ると歩き出した。途中で疲れたら、昼夜の別なく眠り込んだ。昼間なら木の陰で、暗い時なら農家の物置で寝た。

目が覚めると、南を目指して歩き続けた。めげそうになったら、ロザリオを出して、数珠を繰りながら、強く念じた。

〈ヤレック、私に力を貸して〉

すると耳元で、ヤレックの言葉が蘇る。

「ミワコ、ゼッタイニ、シナナイデネ」

これを雪子の言葉が追い掛ける。

「わたしの、ぶんも、いき、のびて」

二人の言葉が、美和子の足を動かしていた。

握り飯と塩サケを食べてしまうと、少しの乾パンと水筒の水で飢えをしのいだ。これもなくなると、野イチゴを食べ、沢水を飲んだ。畑を見つけると、飛んでいって、うねの土を掘り返した。ジャガイモがあれば、喜んで収穫し、泥を落として、皮のまま生でかじった。空腹の身には、もったいないくらいのご馳走だった。

空き家があれば、中に入って食べ物を漁った。初めは自分を浅ましく思ったが、そのうち何も感じなくなった。道路筋にある家の中には、食べ物がほとんど残っていなかった。それでも、納戸の中を探すと、身欠きニシンや干しコンブが残っていた。どちらも保存が利くし、持ち運びにも便利なので、とても重宝した。どの家も、これまで何人もの避難民が侵入したらしく、中は泥だらけで、紙やフキの葉に覆われた大便の小山がいたる所に残されていた。

殖民道路最大の難所に来たのは、十六日の午後だった。

この辺りは、全山が無尽蔵の針葉樹林に覆われている。そんな樹海を縫って進んできた道路は、やがて峠に差し掛かる。この峠は昔から、ヒグマの出没地として有名だった。しかしこの数日、ヒグマはソ連機の爆音に恐れをなし、避難民の多さに驚いている。クマ出没の話はどこからも聞こえなかった。

照り付ける真夏の陽の下で、美和子はぜいぜいとあえぎながら峠を登っていた。それまで快調だった足取りも、この辺りでは鈍るから、道の行く手に大勢の避難民が溜まっていた。

背後に爆音が聞こえたので、立ち止まって後ろを振り返った。はるか足元の樹海を這うように、三機の戦闘機がやって来た。すぐに機銃音が山にこだますると、前を行く避難民は道路の両側に駆け下りた。逃げ遅れた避難民が、何人もばたばたと倒れ込んだ。機銃掃射は一度だけで、そのあとソ連機は西のほうに飛んでいった。

それから一時間くらい歩いた時だった。

北のほうから爆音が聞こえると、四機の双発機が林の上を通過した。美和子は慌てて木陰に隠れたが、ソ連機はそのまま川のほうに飛んでいった。どうやら川に架かっている橋が攻撃目標のようだ。ソ連の双発機は橋の上で、一機、また一機と、つぎつぎ急降下しながら、爆弾を投下しては上昇した。三発の爆弾は、いずれも目標を外れて川の中に落ち、大きな水柱が上がった。近くに隠れていた避難民は、大きな水しぶきを浴び、全身がびしょ濡れになったが、降ってきたのが爆弾でなかったことを喜んだ。

ところが四発目の爆弾は、目標の橋を大きく外れると、二十メートルくらい離れた道路上に落下した。

美和子は爆風を受けて、体が激しく草むらに叩きつけられた。

しばらくして起き上がると、前を歩いていた母子が道路の端に倒れていた。子供の手を引いていたので、逃げ遅れたらしい。

そばに行って、「大丈夫ですか?」と呼び掛けたが、答えはなかった。着ていたものが、爆風で飛ばされたのか、女の上半身は裸だった。

うつぶせの体を起こしたら、乳房の上辺りに穴が開き、そこから血がごぼごぼと音を立てて噴出していた。爆弾の破片が背中から胸に突き抜けて、ほとんど即死のようだった。
七、八歳くらいの女の子は、母親の陰で死んでいた。口の中に破片が入り、首の後ろに突き抜けていた。
母親は目を開けたままだった。視線の先は永遠に帰りつけない北海道のほうを向いていた。

〈この目は最後に何を見たのだろうか〉

美和子は泣きながら、片手を伸ばすと、女のまぶたを閉じさせた。

「母と子が、一緒に死んだことがせめてもの救いだ」

無理に自分に言い聞かせた。道路脇に咲いていた黄色い花を摘んでくると、母子に供えて合掌した。


上恵須取から内恵道路を通り、東に向かった避難民にも、地獄の旅が待っていた。

上恵須取を出ると、道は白樺林を過ぎて、山に差し掛かる。険しい山肌を削った道から見上げる山々は、黒ずんだトド松で覆われている。足元を見ると、雑草の下に深い谷が、奈落の底みたいに落ち込んでいた。

この道を進む避難民にも、ソ連機は反復して低空で襲い掛かり、機銃を乱射した。そのたびに何人もの犠牲者が出たが、避難民は自分の身を守るのが精一杯で、誰も助けに行こうとしなかった。

やがて道路は、標高千三百メートルの尾根に向かう。山肌を縫い、谷間を這うような峠の上りに差し掛かる頃から、極度の疲労と恐怖のために、避難民の中でいくつもの悲惨な出来事が起きた。

五人の子供を抱えた母親が、思いあまって手りゅう弾で心中した。母親と五人の子供は、下半身を吹き飛ばされて即死だった。草むらに、死を前にして食べた缶詰の空き缶が、二、三個寂しげに転がっていた。

一人の母親が、歩くのを渋っていた子供を谷底に突き落とすと、振り返ることもなく立ち去った。あまりにも過酷な状況下なので、心神喪失の状態になり、正常な判断ができなかったのだろう。

親に捨てられた小学生が、たった一冊の教科書を抱え、道端で眠るようにして死んでいた。

道端に赤ん坊の死体が置かれていた。散々泣きはらしたらしく、まぶたが真っ赤になっている。体に掛けられている布の端を、小さな手で握り締めていた。そばにいた老婆が「足手まといになるからと言われて、孫と一緒に捨てられた」と泣いていた。

二人の子供が、避難民が捨てた自決用の手りゅう弾を、石で叩いて遊んでいた。手りゅう弾は爆発し、二人とも手足を吹き飛ばされて即死した。これを見た若い母親は、ショックのあまり発狂した。

この道を歩いて東に向かった避難民は何万人もいたが、無事に内路に着いたものは、何人いたのだろうか。

第九節　炎の真岡

八月十九日の朝、ついに美和子は久春内に到着した。

幸いなことに、この夏の樺太は例年になく暑く、この五日間は一度も雨に降られなかった。幸運は今日も続き、曇り空だが空は薄明るく、当分の間雨は降りそうもない。ここから真岡までは、まだ百二十キロもあるが、汽車に乗るから歩かなくてもよい。両足に豆ができ、何度もつぶれたので、靴下は血まみれだった。

駅舎に入ると、ベンチに腰を下ろして、汽車を待つことにした。しかし不思議なことに、駅員の姿はなく、待っている乗客の姿も見えなかった。改札口も、切符売り場も閉じたままだ。

〈ひょっとしたら、汽車は走っていないのかもしれない〉

来るのか来ないのか分からない汽車を待つよりは、町民の誰かに訊ねるほうが手っ取り早い。

彼女は立ち上がると、駅舎の外に出た。

駅前広場を見ると、リュックを背負った男が一人ぽつんと立っていた。六十歳を過ぎたくらいで、陽焼け顔をして、作業服を着ている。男は道路の向こうに目を向けて、バスを待つようなそぶりをしていたが、どこを見ても、バスの停留場を示す案内板は見つからなかった。

美和子はそばに行くと、声を掛けた。

「あの、汽車に乗りたいんですが、何時になったら来るんでしょうか?」

男は頭と手を、同時に左右に振った。

「来ない、来ない。避難民を乗せて、今朝まだ暗いうちに出てしまった。だから今日はもう来ないよ。明日も来るかどうか、怪しいもんだな」

男の言葉を聞くと、辺りの風景が反転した。

これまで、〈久春内まで行けば、真岡まで汽車に乗れる〉と自分を励まして歩いてきた。これからまた百二十キロも歩くのかと思うと、落胆のあまり、体中から力が抜けた。

男が心配そうな顔をした。

「どこまで行くんだい?」

「真岡までです」

「それなら、おらの会社のトラックさ乗ればいい。緊急避難命令が出たから、蘭泊《らんどまり》の工場から女子工員を真岡に運ぶのさ」

この瞬間、曇り空が快晴に変わった。

「ぜひお願いします」

美和子は両手を合わせ、深く頭を下げると、リュックを取りに駅舎に向かった。

戻ってきた時、男が向こうから走ってくる青いトラックを指差すと、嬉しそうな声で、「来た、来た」と言った。トラックには、「樺太産業」と書かれている。この会社は、真岡の北にある蘭泊村でカニの缶詰をつくっている会社だ。

トラックの荷台に乗り込むと、すぐに男が訊いた。

「どこから、来たんだい？」

「安別村からです。上恵須取から殖民道路を通ってきました」

「うわー、遠いなー。そんだら、腹、へってるんだべさ？」

男は美和子の返事を聞く前に、手早く自分のリュック引き寄せると、紐を解いて中を開けた。弁当箱を取り出すと、ふたを開いて差し出した。

中には、たくあんと白米の握り飯が入っていた。

「おらは朝飯食ってきたから、好きなだけ、食べれや」

親切な言葉に、涙が溢れ、男の顔がおぼろに見えた。

久しぶりに見る白米だった。「それじゃ、遠慮なくいただきます」と言って握り飯を手に持ったが、涙がこぼれて、なかなか口に運べなかった。


途中カニ缶工場に寄って、女子工員たちを乗せると、トラックは再び走り出した。

真岡の町に到着した時は夕方になっていた。蘭泊に着くまでは、途中何度も、ソ連軍の艦砲射撃と戦闘機の襲撃を受けた。そのたびに停車して木陰に避難したので、こんな時間になってしまった。

樺太第三の都市真岡町は、二万三千人の人口を擁し、恵須取町と並んで、樺太西海岸で中心的な役割を担っている。対馬暖流の影響を受けるため、不凍港をもち、漁業や水産加工業で栄えている。街並みも立派で、大きな店舗が軒を連ね、三階建ての建物も珍しくない。物資も豊富で、ほかの町の住民がうらやむくらいの町だった。

　美和子は女子工員たちに混じって、会社の倉庫で休んでいた。引き揚げ船はすぐ前の桟橋から出るので、ここにいたら乗り遅れる心配がない。明朝一番の船で、彼女らと一緒に北海道に引き揚げるつもりだった。

　一時間ほどして、別のトラックが到着すると、女子工員たちが倉庫の中に入ってきた。美和子と一緒に着いたものを合わせると、全部で五十人は下らない。北海道から出稼ぎに来た十代の娘たちは、帰郷できることが嬉しいらしく、場違いなくらいに明るく元気で、大きな声で歌を歌っている。彼女たちからは「日本は戦争に負け、ソ連軍に追われて逃げるのだ」という悲壮感はまったく感じられなかった。

　それは美和子も同じだった。今日の昼間、トラックの荷台で、男から「十五日に玉音放送があったよ。日本が負けて、戦争は終わった」と聞かされた。これを聞いても、悲しいとも、悔しいとも思わなかった。

〈戦争というのは、権力者がやる壮大な陣取り合戦だ。当事者だけでやればいいのに、民間人も巻き込まれる。ヤレックと雪子は彼らに殺された。犬死と同じじゃないか〉

　こんな憤りを覚えた。

「これ、食べるかい」

　女の声がして、握り飯と切り開けられたカニの缶詰が目の前に差し出された。見上げると、日焼けした女子工員の顔があった。

「工場を閉める時、缶詰を持てるだけ持ってきたんだ。置いといたら、露スケを喜ばせるだけだからね」

彼女はいたずらっぽく目を細めた。

美和子は立ち上がって礼を言うと、ありがたく受け取った。タラバガニの缶詰は樺太でも高級品だ。ふだんでも、あまり口にしないのに、こんな非常時に食べることになるとは想像したこともなかった。

豪華な夕食を終えると、リュックを枕にして横になった。ロザリオを取り出して、数珠を繰りながら、〈無事に北海道に帰れますように〉と強く祈った。

美和子は一度目を瞑ったが、ふっと目を開けた。

〈玉音放送があった十五日は、上恵須取を出た翌日だ。それなのに、今日まで毎日、ソ連の飛行機に攻撃された。日本が降伏したのに、ソ連軍はどうして戦争を止めないのだろうか〉

不思議でならなかった。

〈ひょっとしたら、日本が降伏した、というのはデマで、本当は、戦争はまだ続いているのかもしれない〉

こんなことを考えていたが、そのうち昼間の疲れが出てくると、深い眠りに落ちた。


明けて、八月二十日の早朝のことだった。

美和子は海のほうから聞こえる何発もの砲声に起こされた。

女子工員たちも、何人かが起き上がって、心配げな顔をして、ひそひそと話し込んでいる。

突然倉庫の扉が慌しく開くと、会社の男が入ってきた。

「ソ連軍が港に上陸したぞー。みんな、山に逃げろー」

山の方角を指し示しながら、切羽詰った声で叫んだ。男は外に行きかけたが、戻ってくると、今後のことを指図した。

「真岡の港は使えないから、船に乗るのは大泊になった。みんなはこれから避難林道を通って、逢坂《おうさか》に行け。そこからは汽車で大泊に行けるから」

あちこちから、落胆の声が上がった。さすがの彼女たちも、今朝はげんなりした顔を見せている。

男が言った避難林道というのは、真岡から鉄道駅のある逢坂を結ぶ全長十五キロの山道のことだ。ここを通ると、大泊には豊原経由で最短で行けるが、道幅が一・二メートルしかなく、急勾配だから、登山道と変わらない。うっそうたる原始林に囲まれ、昼でも暗く、ヒグマでも通るのをためらうような道だった。

真岡から豊原に行く道路としては、これとは別に「豊真山道《ほうしんさんどう》」という主要道がある。しかし入り口が町の北外れにあるので、市街地からは遠くて不便だった。そこで二年前に真岡林務署が、南にある「金田の沢」に避難林道を付けたのだ。

美和子は女子工員のあとに付いて、表に飛び出した。

辺り一面に、体にまとわりつくような霧が掛かり、港がかすんで見えている。この時季真岡では、快晴になる日の朝には、決まって霧が出る。前を行く娘たちもおぼろにしか見えないから、声を頼りにあとを追った。

港の方角からは、町全体を揺るがすほどの砲声と、これの合間を埋めるようにして自動小銃の連射音が鳴り響いている。銃声は次第にこちらに近づいてくる。ソ連軍は港を占領するだけにとどまらず、高台にある市街地に向かって進撃していた。

真岡の町は三つの段丘上に発展した町だ。第一段丘は海に没していて、良好な港を造っている。幅の狭い第二段丘には、メインストリートが南北に延びている。ここには、倉庫、水産加工場、商店街があり、美和子がいた倉庫もここにある。崖の上が第三段丘で「山の手」と呼ばれ、官公庁の建物が並んでいる。口の悪い町民は、細長い真岡の町を「フンドシ町」と呼んでいた。

山の手を過ぎて、坂道を歩いている時、美和子は急に足を止めた。

昨夜は、倉庫の壁に立て掛けたままで眠りに落ちた。今朝は急いでいたから、出発前にリュックに〈ロザリオを忘れた〉

入れるのを忘れてしまった。

慌てて回れ右をすると、倉庫に向かって歩き出した。

眼下を見ると、真岡の町全体が燃えていた。よほど燃え方が激しいとみえて、霧の中でも炎がはっきり見えている。ソ連軍兵士は、火炎放射器で民家を焼き払いながら進軍しているらしく、大きな炎とは別に、時折上がる小さな炎がこちらに向かってくる。散発的な爆発音は、防空壕に投げ込んでいる手りゅう弾の音に違いない。

この日真岡の避難民は、北にある豊真山道と南の避難林道に殺到した。この二本の道にたどり着けたものは幸運だった。

予想外にソ連軍の上陸が早かったので、多くの町民は豊真山道や避難林道に行く余裕がなく、身近にある背後の山に駆け上ると、熊笹や淹木の茂みを泳ぐようにして避難した。ところが非情にも、ソ連軍の兵士は山を上りながら、避難民の背後から自動小銃を乱射した。銃弾に倒れた町民が、リュックを背負ったまま、ごろごろと崖をこぼれ落ちる光景があちこちで見られた。山際を走る鉄道線路に陣取ったソ連の兵士は、線路に銃口を据え、目の前を横切る避難民を片端から撃ち殺した。二本の道にたどり着けずに命を落とした避難民の数は、相当な数に上った。


真岡の郵便電信局でも、痛ましい悲劇が起きた。

八月十六日に女子電話交換手に緊急避難命令が出ていたが、内地との通信回線維持のため、十二人の女子交換手がみずからの意思で局内に残っていた。

二十日になってソ連軍が上陸すると、勤務中の十二名の女子交換手のうち、十名が自決を図り、九名が死亡した。このほかにも、当日残留していた局員や職員の中からも、ソ連軍による爆殺や射殺の犠牲者が出て、真岡局での殉職者は十九人を数えた。

第十節　危機一髪

それから一時間くらいで、美和子は元の場所まで戻ってきた。ロザリオは昨夜置いた場所に残っていた。今頃女子工員たちは、大分先を歩いているだろう。早く彼女たちに追いつかなければならない。

急ぎ足で歩いていたら、後ろから大勢の足音が聞こえた。規則的な歩調の軍靴の音が、霧の中に響き渡り、時折ロシア語の号令が飛び交っている。

〈ソ連軍兵士だ〉

慌てて道を外れると、斜面をまっすぐ上り始めた。

傾斜が緩やかになってきた頃、風が吹いて霧が晴れたので、辺りの様子が見えるようになった。そのまま進もうと思って足を一歩前に出したが、足元に目を向けた時、顔からさっと血が引いた。美和子は両手を上げ、つんのめりそうな格好で足を止めた。

さっきは霧で見えなかったが、彼女が立っているところは、いわゆる「馬の背」と呼ばれる地形の頂上部分で、反対側も下り斜面になり、ずっと下のほうに沢水が流れていた。

「あぶなかった」

声を震わせ、身をすくませた。このまま前進したら、斜面を転げ、沢に落ちるところだった。

美和子は反対側を向くと、ひざまずいて道のほうを注視した。

銃を提げた兵士の一団が、乳白色の霧を通してぼんやり見えた。正確な人数は分からないが、足音の大きさと、通り過ぎる時間から考えると、五十人はいるようだ。この道は一本道だから、兵士たちも避難林道を通ることは確実だ。

〈大変だ〉

背中を一気に氷柱が滑り落ちた。

ソ連軍兵士が女子工員たちに追いつくのは時間の問題だ。そのあとで起きることを考えると、全身に震えが走った。彼女たちには申し訳ないが、ロザリオを忘れたことが、美和子を救う結果になったのだ。

「ヤレック、私を守ってくれてありがとう」

感謝を込めて呟いた。

兵士たちの足音は遠ざかり、やがて何も聞こえなくなった。

〈これだけ離れたら、もう大丈夫だ〉

立ち上がって斜面を下り始めた時、下のほうから足音が聞こえた。足音の数から判断すると、こちらに来るのは一人だった。美和子は驚いて立ち止まると、道のほうに目を向けた。

一瞬だけ霧が晴れて、道を歩いてくる男の姿がちらりと見えた。

「きゃー」

彼女は不覚にも叫び声を上げてしまった。

再び辺り一面がしっとりした霧で覆われた。

霧の向こうで不意に足音が止んだ。しばらくすると、再び足音がした。さっきとは進む方向を変えて、べきべきと小枝を踏みつけながら美和子のほうに上がってくる。相手の姿は見えないが、足音は恐怖を引き連れて、確実にこちらに向かっていた。

美和子は口を手で押さえると、叫びそうになるのを必死でこらえていた。

〈このままでは鉢合わせする〉

慌てて斜面を頂上まで上ると、さっきの場所にやって来た。リュックを背中から下ろし、中から短刀を取り出すと、鞘を払って、草の中に隠しておいた。

足音が止まった時、巨大な刷毛《はけ》で拭い去ったかのように、辺りの霧が一挙に晴れた。

下を見ると、ひげ面で髪を振り乱した男が、銃を構えて、斜面の途中からこちらを見上げていた。軍服を着ていないから、囚人兵に間違いない。さっきの部隊とはぐれた兵士か、これからやって来る部隊の偵察兵なのだろう。

美和子は恐ろしさのあまり、体を動かすことができなかった。

兵士は急ぎ足で斜面を上ってきた。美和子の横に立つと、銃口を向けて、強圧的な口調で命令した。

「ズボンを脱げ。さっさと横になれ」

彼女は両手を合わせると、丁寧なロシア語で哀願した。

「言うことを聞きますから、殺さないでください。どうかお願いします」

兵士は一瞬ぎょっとした顔をすると、「お前はロシア語が上手いな」と言って、にやりと笑った。

美和子はズボンを脱いで足元に置くと、おとなしく草の上に体を横たえた。ズロースを押さえる振りをして、尻の下にある短刀をしっかり握り締めた。

兵士は銃を足元に置いてから、勢いよくズボンを下ろすと、荒い息を吐きながら、美和子に覆いかぶさった。

目の前に、タラコを思わせる血走った目が迫ってきた。彼の吐く息が顔に当たると、獣臭くて吐き気を催した。

彼女はこの時を待っていた。すばやく体を横に滑らせると、立ち上がって、足元にあった銃を斜面の下に蹴落とした。短刀を構えると、兵士の顔を睨みながら、馬の背に沿ってじりじりと後退した。手が震えて、短刀を落としそうになったので、右手に思い切り力を込めた。

兵士は立ち上がると、きょろきょろと足元を見まわした。銃がないことを知ると、顔をゆがめ、唸り声を上げた。両手を上げて美和子に掴み掛かろうとしたが、足首まで下がったズボンに足を取られ、尻もちをつくと、そのまま斜面を沢に向かって滑り落ちた。獣の咆哮に似た叫び声が尾を引きながら遠ざかった。

美和子の心臓は喉から飛び出す勢いで拍動していた。

しばらく経って、ずっと下のほうから兵士の罵り声が聞こえた時、彼女はほっと息を吐いた。

〈生きていた〉

急に涙がこぼれてきた。囚人兵から逃れたことも嬉しかったが、自分が人殺しにならずに済んだことはもっと嬉しかった。

今朝港の方角で聞こえていた砲声は、いつの間にか止んでいた。耳を澄ませても、小銃の音は聞こえなかった。辺りは静かで、頭上から小鳥のさえずり声が聞こえてくる。霧はすっかり晴れて、真っ青な空が広がっていた。

美和子は大急ぎで身支度を整えると、リュックを背負い、斜面の頂上を避難林道とは逆の方向に歩き始めた。

市街地が見えるところに来ると、藪の中に腹ばいになって、港のほうに目を向けた。

まだ赤黒い炎を上げている建物もあったが、港と市街地はすっかり焼け野原になっていた。港の沖には数隻のソ連艦船が停泊していたが、不思議なことに、今朝上陸したソ連軍兵士はどこにも見えなかった。

その時、ふっと気がついた。

〈今頃ソ連軍の兵士は、豊真山道を進軍しているのだ〉

彼女の勘は当たっていた。

この日上陸したソ連軍の部隊は、港と市街を制圧すると、ほとんどが豊真山道を通って豊原市に向かったのだ。同じ頃、樺太の中央部から国境を越えて南下した部隊も、樺太の首都である豊原市を目指していた。二つの部隊は、どちらが先に豊原を陥落させるのか、先陣争いをしていた。そんな部隊にしてみれば、自分たちの進路を妨げる避難民は、邪魔者以外の何者でもなかった。

彼女は崖の下を見ると、ぽつりと呟いた。

「汽車が停まっている」

駅の構内に、久春内方面から来た列車が停まっていた。

美和子は列車を見ながら考えた。

〈機関車も、列車のどこを見ても被弾していない。ソ連軍兵士はあの列車を攻撃しないで、まっすぐ山道に向かったのだ〉

機関車の煙突から煙が立ち昇っていることも、この可能性を補強している。

〈あの汽車はこれから大泊まで行くかもしれない〉

とにかく駅に行ってみることにした。汽車が動かなければ、ここに戻って、避難林道を歩けば済むことだ。

すぐに美和子は駅に向かった。


駅前広場に来てみると、布団、大きな風呂敷包み、膨れ上がったリュックサックなど、身の回り品が辺り一面に散らばっていた。全部避難民が捨てたらしい。

側溝を見たら、全裸にされた女の死体が捨てられていた。女の体を何かで覆ってやりたかったが、側溝は深いので、下まで行くことはできそうもなかった。両手を合わせ「許してね」と謝ってから、駅に向かって歩き始めた。

駅舎に入ったすぐのところに、和服を着た女の死体が寝かされていた。着物の裾が頭まで捲り上げられ、下半身はむき出しで、血にまみれていた。美和子はそばに行くと、彼女の両足を閉じさせて、着物の裾を元に戻してやった。

それから改札口を抜けて、ホームに行こうとしたが、数歩歩いただけで、足が前に出なくなった。途中で多数の死体を見るのが恐ろしくなったからだ。駅の入り口でしばらく迷っていたが、とうとう駅前広場に戻ってきた。

外便所の横を見ると、木の柵が壊れていた。そこから線路に下りると、一番前の客車に近づいた。窓から外を見ていた中年女が美和子に気づき、デッキに出てくると手を引いて乗せてくれた。

意外なことに、列車の中は空いていた。通路に立っている乗客はいなかった。リュックを網棚に載せ、さっきの女の向かいに座ると、汗を拭いながら質問した。

「どうしてこんなに空いているんですか?」

「あんたも、びっくりしたべさ」

女はこう言うと、理由を詳しく話してくれた。


この汽車は久春内から満員の避難民を乗せて、今朝真岡駅に到着した。ちょうどその時、ソ連軍兵士が港から上陸した。

乗客は、列車も攻撃されると思い、慌てて汽車から飛び降りた。半数くらいが南に向かって線路を歩き始めたが、ほかの乗客は山道に向かった。

しかしソ連軍は、駅には寄らずに真っ直ぐ山に向かった。このことを知ると、線路の上を歩いていた乗客だけが、列車に戻ってきた。


女はこんなことを話すと、美和子の顔を見て頷いた。

「あんたは、運がよかったよ。この汽車、これから大泊まで行くんだってさ」

本当に女の言うとおりだった。こんな幸運に恵まれたのは、ロザリオを倉庫に忘れたおかげだ。今朝避難林道に向かった女子工員たちがかわいそうになった。

美和子は首をかしげた。

〈それなら、さっき駅前で見た死体は誰の仕業だろうか〉

このことについても、女に訊いた。

すると、こんな答えが返ってきた。

「この汽車が着く前に、駅前に集まっていた避難民がソ連兵に襲われたんだってさ。その時殺されたんでないかい」

この日真岡に上陸した部隊は、独ソ戦を戦った部隊だった。タタール人、ギリヤーク人、シベリア地方に生まれ育ったソ連人たちに加え、刑務所から送り込まれた囚人兵で成り立っていた。最初に囚人兵たちが、艦砲射撃の援護下で、自動小銃を乱射して、火炎放射器で家を焼き払いながら上陸した。海沿いの町を一気に手中にすると、駅前で列車を待っていた避難民の婦女子を襲い、それから豊真山道や町の背後の山に散開した。

この時逃げ遅れて背後から撃たれたり、防空壕に手りゅう弾を投げ込まれたりするなど、殺気立ったソ連兵のために民間人の犠牲者が多く出た。美和子が山道で、霧の中で聞いた射撃音や手りゅう弾の爆発音はこの時のものだった。

ソ連軍の上陸による真岡町民の死者は、分かっているだけでも千人を数え、一つの町の死者数としては、樺太で最多となった。

汽車は一時頃になって、ようやく真岡駅を発車した。美和子は座席に座り、夢も見ないで熟睡した。途中の停車駅では、大勢の避難民が乗り込んできた。豊原を過ぎた時は、通路は立った乗客でいっぱいになった。

列車はソ連機の攻撃の間を縫うように走ると、夜の七時過ぎに、大泊駅に到着した。大泊町は人口二万二千人を擁し、樺太南部で最大の町だ。北海道の稚内とは、鉄道連絡船の「稚泊《ちはく》連絡船」で結ばれて、樺太への玄関口として発展した。

美和子は急いで駅舎を出ると、両親の家に向かった。しばらく行って左折すると、郵便局が見えてきた。家はここから、歩いて十分の距離にある。

家の前に着くと、美和子は立ち止まった。庭の生垣の向こうで、暖かそうな居間の明かりがちらついている。

急いで玄関の前に行くと、震える指で呼び鈴を鳴らした。

中から「はーい、どなたですかー」と懐かしい母の声が聞こえた。

美和子が「お母さん、わたしでーす」と答えると、すぐに玄関の明かりが点いて、母が弾んだ声で「あなた、美和子ですよー」と父を呼んだ。

〈二人とも待っていてくれた〉

涙が溢れると、両足が震え始め、思わずガラス戸にすがりついた。その場に両膝をつくと、声を上げて泣き出した。ヤレックと一緒にピレオ村を脱出してから、十日が経っていた。

どたどたと廊下を走る足音が聞こえた。玄関の戸が中から勢いよく開くと、父と母が一緒に外に飛び出してきた。

父がひざまずいて、娘を抱き起こしながら、感極まった声を上げた。

「おー、美和子、無事だったのか。二か月間音信不通だったから、死んだかと思ったよ。生きていて、よかった、よかった」

母は娘の肩を抱き、顔を覗き込むと、涙声で訊いた。

「美和ちゃん、あんなに遠いところから、よく戻ってこれたね。どこも怪我していないかい？」

美和子は何も言葉を出せなかった。泣きながらうなずくだけで精いっぱいだ。父と母に会うのは今年の正月以来だった。

両親は自分たちの荷物をまとめ、娘のことを待っていてくれた。夜の十時までに来なければ、二人だけで船に乗るつもりだったという。

隣家の玄関が明るくなり、女が外に出てきた。抱き合って泣いている三人を見ると、もらい泣きして、目頭を押さえた。

美和子は家の中に入ると、「急いで、お風呂を沸かして」と母に頼み、自分の部屋に行って身の回り品のをリュックに詰め始めた。さっきから耳元で、西条軍医の言葉がわんわんと響いていた。

「……ぼやぼやしていたら、ソ連軍に港を封鎖される。無事に北海道に帰ることが、仏さんの供養になる」

両親は姫に付き添う家臣のように、一人娘のあとを付いて回った。美和子が荷物をリュックに詰めている時は横に座って、風呂に入っている時は風呂場の外からすりガラス越しに、つぎからつぎへと話し掛けた。娘が無事に戻ってきたことが、嬉しくて、嬉しくて、たまらない様子だ。

美和子は風呂から上がると、顔をしかめながら汗と苦難にまみれた衣類を処分した。

それから父母と一緒に家を出ると、大急ぎで大泊港に向かった。家にいたのは、わずか四時間だけだった。

第十一節　ソ連潜水艦

日付が変わって、八月二十一日になった。

美和子たちが乗る引き揚げ船は「第二新興丸」になった。港にいた作業員から、「今日出る船が、最後の引き揚げ船になるらしいよ」と聞かされた時、三人は自分たちの幸運を喜んだ。明日からは、日本とソ連の停船協定により、内地に向かうすべての船は止められるそうだ。

第二新興丸は、軍が東亜商船から徴用し、改造した二千五百トンの特設砲艦兼敷設艦で、十二センチ砲二門、二十五ミリ機銃十四丁、爆雷投射筒などを装備している。この艦は八月初め、青森県の大《おお》湊《みなと》で米や粉味噌などを積み込むと、十数隻の輸送船団を組み、小樽、稚内を経由して、千島に向かっていた。

ところが稚内を出て一日経った時、突然終戦を知らされると、樺太避難民の引き揚げ船としての命令を受けた。大急ぎで大泊に回航すると、四つの船倉に積んだ米と粉味噌を平らにならし、ムシロを敷き詰めた。この上に避難民を乗せ、大泊と稚内間を二往復すると、昨夜大泊港に戻ってきた。

四時を過ぎた頃、それまで桟橋に座り込んでいた避難民は、つぎつぎに立ち上がると、前から順番にタラップを上り始めた。

前を行く両親がタラップに足を掛けた時、三人の子供を連れた母親が、美和子の前に割り込んだ。母親は泣きそうな顔で美和子に頼み込んだ。

「子供が一人、間違って先に乗ってしまったんです。すみませんが私たちを先に乗せてくれませんか」

「いいですよ、どうぞお先に」

美和子は快く順番を譲った。

美和子がタラップを渡り、甲板に足を下ろした時、乗務員がさっと前に立ちはだかると、両手を広げた。

「ここからは、後ろ甲板の三番船倉に進んでください」

男の声を聞いた父が、こちらに戻ってくると、美和子に教えた。

「わしらは二番船倉だからね」

「お父さん、私は後ろの三番船倉になった。下りる時は一緒に行こうね」

娘の言葉を聞くと、父は「分かったよ」と言うように片手を上げた。この船は、前甲板の下に一番船倉と二番船倉、後ろ甲板の下に三番船倉と四番船倉を備えている。

美和子は後ろ甲板の階段を下りると、三番船倉に案内された。すでに大勢の先客がムシロの上に座り、すし詰めの状態だった。

三千五百人の避難民を乗せた船が、大泊港を出たのは朝の九時半過ぎだった。港の外に出た頃、「稚内港は避難民で溢れ、陸上輸送もいつになるか見通しが立たないので、急ぎ小樽に回航せよ」との指令が入電した。

こうして第二新興丸は、当初の予定を変更して小樽に向かうことになった。


出港して一時間ほど経った頃、美和子は甲板に上がってきた。船倉には窓がないから、空気も悪く、銭湯の中のように蒸し暑かった。船の舷側につかまり、遠くなっていく樺太の山を見ながら、戦火にあぶられた十日間を振り返った。

ヤレックのことを思い出すと、涙が溢れてくる。

「ヤレックは天国に行った」

ポケットのロザリオを、布越しに触りながら呟いた。

それから雪子の顔を思い浮かべた。彼女は真の意味で命の恩人だ。爆撃の時、盾になってくれただけではない。あの時もらった短刀がなければ、囚人兵に殺されていたかもしれないのだ。

「あれー、あの時の人だ」

後ろで、若い女の声がした。

振り向いたら、真岡でカニの缶詰をくれた女子工員の顔があった。

「ひゃー、私、驚いた。同じ船になるなんて、よっぽど縁があるんだね」

美和子は言ってから、「ほかの人は？」と訊いた。

娘は「全員一緒だよ。四番船倉に乗っている」と言って、後ろの甲板を指差した。四番船倉は、美和子が乗っている船倉の後ろ隣にある。

美和子はしばらくためらっていたが、思い切って、小さな声で訊いた。

「あの時、ソ連兵が追いついたでしょ？」

娘は美和子の表情から、質問の深意を察したようだ。

「そうだよ。だけど隊長さんがいい人だから、何もされなかった。一緒にロシア民謡を歌ったさ」

意外な返事が返ってきた。彼女の声は、学校であったよいことを親に話す子供みたいに明るかった。

「えー、そうだったの。よかったー。私、ずっと気になっていたの」

美和子は自分のことのように喜んだ。

これまでずっと、〈自分だけが災難を免れた〉という後ろめたさを感じていた。前にヤレックから、「ソ連軍でも、悪いのは囚人兵や下級兵士だけで、士官や将校になると、いい人が多いよ」と聞かされた。今思えば、エレーナも立派な軍人だった。女子工員たちが真岡の山道で会った部隊の隊長も、彼女みたいな軍人だったのだろう。


翌二十二日の午前三時半頃、船はようやく羽幌沖の焼尻島に差し掛かった。船の燃料は石炭だから、船足は遅く、九ノットほどの速度で小樽に向かっている。さっきまで降っていた雨も上がり、辺りが薄明るくなってきた。

それから三十分くらい経った時だった。美和子は船倉の中で、膝を抱えてまどろんでいた。

突然前のほうから、腹に響く爆発音が聞こえた。体が跳ね上がると、船が大きく揺れた。眠っていた避難民も、つぎつぎ起き出すと、不安そうに辺りを見回した。誰かが「機雷が爆発したのかな。様子を見てくる」と言って、階段に足を掛けた。ちょうどその時、甲板から下りてきた避難民が階段の途中で立ち止まると、首を伸ばして「二番船倉に魚雷をくらった」と教えてくれた。

〈二番船倉か〉

美和子の心臓が飛び上がった。ここは両親がいるところだ。

大急ぎで階段を駆け上ると、甲板に飛び出した。

船上には、油が燃えた臭いに混じって、火薬の臭いが漂っている。次第に船首が下がり、右側に傾いてきた。美和子は舷側につかまりながら、そろそろと進み、前甲板にやって来た。

前甲板は地獄絵図と化していた。

甲板の上は血の海で、大勢の負傷者が倒れ、悲痛なうめき声を上げている。爆風で火傷をした顔は、米や味噌、血にまみれて、着ているものがずたずたに引きちぎられ、ワカメになって垂れ下がっていた。

おびただしい数の肉片や内臓と共に、頭や手足もごろごろ転がっている。マストは付け根から吹き飛ばされて跡形もなく、甲板には直径が七、八メートルもある大穴が口を開けていた。

美和子は一分でも早く、二番船倉に行きたかった。けれども、靴が血糊で滑るから、真っ直ぐ歩くことができない。舷側の手すりを掴み、体を支えようとしたが、慌てて手を引っ込めた。手すりには、胴体から下だけの死体が引っ掛かっていた。

吐きそうになり、気を失いそうになったが、ぐっとこらえて気を引き締めた。震える足をなだめながら、周りを見ないようにして二番船倉の下り口に向かった。

船倉の階段を下りようとした時、髪の毛を振り乱した女が、顔を血だらけにして下から這い上がってきた。その後もつぎつぎ避難民が上がってくる。片手を吹き飛ばされて肩から血を流している男、爆風で衣服が吹き飛ばされたのか上半身が裸で顔の右半分を血で真っ赤にした女など、恐ろしい形相をした避難民が、全身びしょぬれになって階段を這い上がってきた。

美和子は脇に下がって、声もなく立ちすくんでいた。目を逸らしたくなるのを我慢して避難民の中に両親を探したが、二人の姿は見つからなかった。

頭から血を流した男が上ってくると、美和子に向かって、「行くなー。下は危ないぞ」と忠告した。

その後は、誰も上がってこなかった。

〈ほかの避難民は助からなかったのだろうか〉

辺りが暗転すると、急に視界が狭まった。二番船倉から逃げてきた人間の数が、あまりにも少なかった。

急いで階段を駆け下りたが、途中で足を止めた。階段の下半分が水中に没していたからだ。ぎりぎりまで下りて、船倉の中を見た時、一瞬にして呼吸が止まった。

眼前の光景は悪夢そのものだった。

中は水浸しで、リュックサック、風呂敷包み、カマスや積荷などがぎっしり浮かび、その間に多数の死体が浮いていた。爆風で着ているものを吹き飛ばされ、ほとんどが裸だった。五体がそろっている死体は少なく、首を失った体や、上半身や下半身だけのものが大半で、ちぎれた手足も浮かんでいた。

船倉内の照明は全部消えていたが、右舷側の壁に横が十メートルで縦が五メートルくらいの大穴が開いているから、そこから外光が入り、内部が薄ぼんやりと見えている。壁に開いた大穴の向こうには海が見えていた。穴から外に向かって、死体と荷物が帯になって流れ出ている。

すぐ目の前に、黒い縄のれんが下がっていた。よく見ると、天井から逆さになって、ぶら下がっている女の髪の毛だった。髪の毛の先から、ぽたぽたと血の雨が滴っている。

美和子は全身を震わせ、歯をがちがちと鳴らした。恐ろしさのあまり、目を瞑った。

そんな美和子に、もう一人の自分が活を入れた。

「目を開けて、早く二人を探し出せ。今見つけたら助かるかもしれない」

思い切って目を開けると、階段の途中から身を乗り出した。

ほとんどの避難民が、爆風を受けて、着衣を吹き飛ばされ、裸になっていることを考えると、ここから見るだけでは、二人を見分けるのは困難だった。たとえ着衣を着けていたとしても、母は紺色の着物を着て同じ柄のもんぺをはき、父は国民服を着ている。似たような格好の避難民は何人もいた。

彼女はしばらく迷っていたが、思い切って水の中に入り、浮いている死体のそばに、泳いで行くことにした。

片足を水に入れようとした時、頭上の拡声器から「全員配置につけ。右舷、潜水艦」と絶叫する声が聞こえた。美和子が上を見上げた時、男の顔が覗いて「こら、なにをしている。さっさと甲板に上がれー」と怒声が降ってきた。

美和子は仕方なく階段を上ると、甲板に戻ってきた。しかしここでも、凄惨な光景が待っていた。自分の足元だけに目を向けると、辺りを見ないようにして、船尾のほうに歩き始めた。

後ろ甲板まで来た時、船尾から大きな回転音が響き渡った。二番船倉に海水が入ったので、船首が下がり、船尾が上がったため、スクリューが水の上に露出して、激しく空転していた。

前のほうから、避難民が必死の形相で後ろ甲板に走ってくる。船首を立て直すために、一番船倉と前甲板にいた避難民を、後ろ甲板に移動させたのだ。

海上に目を向けたら、右手前方に黒々した潜水艦が二隻浮上していた。魚雷攻撃でも沈まなかった船を見て、なおも攻撃を加えようと浮上したらしい。

数人のソ連軍兵士が潜水艦のハッチを開けて飛び出すと、銃座に飛びついた。ほとんど同時に、二隻の潜水艦から機関銃が火を噴いた。銃弾が光の尾を引いて、第二新興丸の舷側を叩きつけるように飛んできた。前甲板にいた避難民が、ばたばたと倒れ、こぼれるように海中に落下した。

「みんな、伏せろー」

誰かが叫んだので、美和子は甲板に体を伏せた。這ったままで進むと、救命ボートの陰に身を隠した。ほとんどの銃弾は、船の中央にある機関室と前甲板に向けられていたが、ときどき後ろにも飛んでくる。救命ボートの舷側に、何発もの銃弾が突き刺さった。

第二新興丸も黙ってはいなかった。砲と機銃の覆いが外されると、二隻の潜水艦に的を絞り、続けて銃弾が発射された。兵士が「弾薬庫を開けて、弾薬を運んでくれー」と叫ぶと、数人の避難民の男女が、つぎつぎ自分のリュックを空にした。弾薬庫に行くと、弾丸をリュックに入れて運び始めた。

一隻の潜水艦が、砲弾を浴びると、黒い水柱を上げて海中に没した。もう一隻も、慌てて潜航準備をすると、すぐに海中に姿を消した。第二新興丸は改造されて砲艦になったとはいっても、武器には覆いが掛けられ、擬装されていた。外見は商船にしか見えなかったから、ソ連軍は油断していた。

やがて海上に、おびただしい量の重油が浮かび上がった。二隻のうち一隻は、砲撃を受けて沈没したようだ。

避難民の一人が、『君が代』を歌い始めた。すぐにほかの人たちも歌い出すと、大きな合唱になって船上に流れた。

艦長が船内スピーカーを通じて宣言した。

「みなさん、もう大丈夫です。船は沈みませんから、安心してください。これから留萌《るもい》港に緊急入港します」

第二新興丸は右側に傾きながらも、留萌に向かって航行を始めた。

船の中央部にあった機関室が無傷だったことは不幸中の幸いだった。被弾箇所があと一メートル左に寄っていたら、機関室は吹き飛んでいたはずだ。

この船が幸運に恵まれたことは、ほかにもあった。

右舷から入った魚雷は左舷に抜けることなく、二番船倉の米俵の中で爆発した。もしも魚雷が左舷を貫いていたら、船は真二つに折れて、瞬時に沈没したに違いない。また被弾したところが、もっと船首側に寄っていたら、魚雷が第一船倉の弾薬庫に当たって、大爆発を起こしただろう。

美和子は救命ボートの陰に這いつくばって、交戦の一部始終を、声もなく見つめていた。攻撃が激しくなる前に三番船倉に戻ろうとしたのだが、腰が抜けて立ち上がることができなかった。

甲板に伏せていた避難民がつぎつぎ立ち上がると、美和子もようやく立ち上がった。ほっと安堵の息を吐き出すと、船の後ろに目を向けた。

船の航跡に沿って、船の中から放り出された避難民や荷物が、帯になって流れている。それを見たら、両親のことが心配になった。

「二人とも、きっと無事だ。さっきは気が動転していたから、上がってきた避難民の中にいたのを、見落としてしまったんだ。留萌に着いたら、会えるに決まっている」

しっかり自分に言い聞かせた。

三番船倉の階段を下りようとした時、船尾のほうから声を掛けられた。

「おねえさーん」

そちらを見たら、真岡で一緒だった女子工員の一人がいた。その後ろには、大勢の仲間が立って、手を振っている。どうやら全員が無事だったようだ。

美和子は両手を広げ、彼女たちのところに飛んでいった。涙で顔をくしゃくしゃにさせると、「私は大丈夫だったよ」と言いながら、一人ひとりを抱き締めた。教え子の無事を喜ぶ教師の心境だった。

同じ日の午前四時二十分頃、留萌の南にある増毛《ましけ》町の沖では、樺太からの避難民を乗せた逓信省の海底電線敷設船「小笠原丸」がソ連潜水艦の攻撃により沈没した。乗客六百三十八人が死亡し、生存者はわずか六十一人だった。

この日はさらに、もう一隻の引き揚げ船がソ連潜水艦に沈められた。

午前十時頃、貨物船の「泰東丸《たいとう》」が、留萌の北にある小平《おびら》町の沖で、ソ連潜水艦の砲撃を受けて沈没した。六百六十七人が犠牲になり、生存者は百十七人だった。この時、泰東丸は白旗を掲げたが、潜水艦はこれを無視して砲撃を続けた。

当時ソ連軍は、八月二十四日に留萌に上陸し、留萌と釧路を結ぶ線を国境として、北海道の北半分を占領しようとしていた。この作戦遂行のため、三隻の潜水艦に出動命令が下された。留萌沖の海底に潜み、この海域を通る日本の船舶を撃沈することが任務だった。三隻の引き揚げ船を攻撃したのはこれらの艦だった。

しかしソ連の留萌上陸作戦は、アメリカ大統領トルーマンの反対に遭い、直前になって中止された。中止命令が潜水艦に届いたのは、三船が攻撃された日の深夜十一時五十八分のことだった。

三隻の引き揚げ船が、当初の稚内入港の予定を変えて、小樽に向かうため、留萌沖を通ったことが悲劇に繋がった。


この日は、樺太の豊原市でも犠牲者が出ていた。

住民は朝から、家の屋根に白いシーツを広げ、軒先に白旗を掲げて、ソ連機に向けて降伏の意を表した。ところがソ連機は、これを無視して攻撃した。

豊原駅前の広場では、多くの避難民が汽車を待っていた。飛来した爆撃機は、あろうことか避難民の一団に爆弾を投下した。このため民間人に、多くの犠牲者が出た。

ソ連軍の民間人に対する攻撃は、八月二十二日の引き揚げ船攻撃と豊原空襲で幕を閉じた。ソ連の侵攻により樺太で死んだ民間人の数は、真岡町の千人を筆頭に、恵須取町百九十人、塔路町百八十人、豊原市百人、そのほか五百三十人となり、合わせて二千人といわれている。これに引き揚げ船三船の犠牲者を合わせると、三千七百人もの民間人が命を落としたことになる。

第十二節　留萌

留萌の町中にサイレンが鳴り渡り、火の見やぐらの半鐘が乱打されると、大勢の町民が港に集まった。岸壁にはすでに、警察官、町役場職員、警防団員、病院の医師たちが待機して、沖合いを見つめていた。

防波堤の向こうから、右側に傾いた船が、今にも沈みそうな様子で近づいてきた。大勢の人々が、甲板の上で何かを叫んでいる。初めは何を言っているのか分からなかったが、近くに来ると「樺太から来たー」「助けてくれー」「医者をたのむー」などと、叫んでいるのが聞き取れた。

二番船倉の中には、多数の遺体が残されていると予想された。遺体を保護するために、第二新興丸は直接岸壁には接岸せず、港の奥にある内港に誘導され、岸壁から数十メートル離れて停泊した。

第二新興丸が留萌港に入港したのは、八月二十二日の午前九時過ぎだった。この船が入港する前に、船に積み込まれていた一隻のカッターボートが、港の岸壁に接岸していた。艦長が数人の乗員に、危急を知らせるための任務を託したのだ。第二新興丸が着くのに先立って、留萌町役場や水上警察に、一刻も早く被災者の救援を要請しなければならなかった。

留萌町長は水上警察から第一報を知らされると、直ちに職員を招集し、緊急事態への対策を協議した。真っ先に議論されたのは「避難民の収容先をどこにするか」ということだった。その結果、「ふつうに生活できる避難民は、町にある二十八の町内会に受け入れてもらおう」ということになり、百数十名前後の人員を一単位として、町内会ごとに割り当てた。各町内会での受け入れは順調に進み、一般家庭には、一世帯につき三、四名が割り当てられた。

こうして、町の受け入れ態勢は第二新興丸が到着する前に整った。

ソ連軍の攻撃は執拗だった。第二新興丸が留萌港に入港したあとも、防波堤の向こうに潜水艦が浮上すると、港の岸壁の上に二機のソ連機が飛来した。人々は「爆弾を落とされるぞー」と叫び、我先に魚市場に駆け込んだ。しかしソ連機は海のほうに飛び去り、潜水艦もすぐに海中に消えた。この事実は、八月二十四日のソ連軍による「留萌上陸作戦」が、この時点ではまだ継続中であったことを物語っている。

第二新興丸の生存者は、五十人くらいずつに分けられ、グループごとに艀《はしけ》に乗って上陸した。留萌港に着く前から、甲板では船の乗員たちが遺体の処理作業を行っていた。ちぎれた手や足、頭や胴体などは、それぞれがまとめられ、甲板に積み上げられた。避難民は疲れ果てた様子で、その間を通り抜け、艀に乗り移った。彼らの中には、岸壁に着くと力尽きて倒れるものもいた。そうでないものは座り込んで、感情のない顔で第二新興丸を見つめていた。船倉内は蒸し暑かったので、下着姿で裸足のものが多かった。

美和子は事情を話し、一番先に上陸するグループに入れてもらった。上陸すると岸壁に立って、つぎつぎ到着する避難民に目を凝らしたが、最後の艀が到着しても、両親は見つからなかった。

この瞬間、目の前に見える海が夏の光を失い、一挙に冬の海に変わった。両親は揃って秋田の人間だから、北海道に親戚はいなかった。父の会社は秋田に本店があり、ここに勤めていた二人は社内結婚をした。翌年父は旭川支店に転勤になり、この地で一人娘の美和子を授かった。

〈私はひとりぽっち。肉親が誰もいなくなった〉

彼女は岸壁に両膝をつくと、両手で顔を覆って、声を上げて泣き出した。

父と母には、ヤレックのことをまだ話していなかった。彼と暮らした期間がわずか二週間足らずとはいえ、結婚したことに変わりはないのだから、娘ならば親に話すのが当然だ。このことを永遠に話せなくなったのかと思うと、心臓がわしづかみにされたように切なくなった。

船内に残っている遺体の収容作業は、警防団、水難救済会、警察官たちが中心になって進められた。二十二日の当日は、甲板から三十体ほど、そして船内から八十体ほどの遺体が収容された。二番船倉の底を捜索する時は、潜水作業員が仕事を受け持った。

船内から搬出された遺体は、岸壁に続く石造り倉庫に安置され、直ちに検視が行われた。所持品などから身元を調査し、判明したことを紙に表示して、肉親が名乗り出るのを待っていた。時間が経つにつれて遺体数が増えると、倉庫だけでは間に合わなくなり、岸壁の上にも並べられた。その上には荒ムシロが掛けられただけだった。

美和子はほかの避難民と一緒に、一体ごとにムシロを捲り、顔を覗き込んだ。爆発の衝撃で痛んでいる遺体が多かったので、着衣や身体の特徴なども確かめて、両親かどうかを判断した。

しかしここでも、二人は見つからなかった。


船から下りた人々は、町内ごとにグループをつくると、町役場の職員に先導されて、南記念通りの坂道を上り始めた。怪我をしているものは、つぎつぎ病院に搬送された。上陸して三時間後には、全員が収容先に落ち着いていたのだから、留萌町の迅速な対応は賞賛に値する。

三千人以上もの避難民が緊急上陸した留萌町は、予期せぬ事態だったにもかかわらず、町長以下全町民が一致団結して、救援活動を展開した。終戦を迎えて、まだ十日も経たない頃だから、物資は窮乏し、とりわけ食糧は不足していた。しかし、こんな状況下でも、留萌の人々は、町の名誉にかけて、被災者の救援に立ち上がった。これは、この町の歴史の上でも、特筆すべきことだ。

留萌中学校では当日の授業を午前で打ち切ると、生徒全員が手伝いのために港に駆けつけた。留萌高等女学校の女子学生は、遺体を火葬場まで搬送するのを手伝った。一般家庭が被災者を受け入れた期間は、多くは一週間程度だったが、中には一か月近くの長いものもあった。

夕方の五時頃、美和子は港の倉庫を後にすると、受け入れ先の家に戻り始めた。午後になって新たに上がった遺体の中にも、両親はいなかった。

美和子を受け入れてくれたのは、港町二丁目にある山下家だ。この家には、豊原市に住んでいた橋本貴子とその娘も世話になっている。美和子はこの市にあった師範学校に二年間通っていたから、橋本母子に親しみを感じた。

向こうから、女が一人歩いてきた。真新しい包帯で顔をぐるぐる巻きにして、目と口だけを出している。見ただけで、第二新興丸の被災者だと分かった。魚雷が爆発した時、爆風で顔に火傷を負ったのだろう。彼女は背中に赤ん坊を背負い、子守唄を歌っていた。

女とすれ違った時、美和子は怪訝そうな顔で立ち止まった。

「あの、赤ちゃんの顔に白い布が掛かっていますよ。苦しそうだから、とってあげましょうね」

美和子が手を伸ばすと、女が振り向いた。

「私、知っている。この子、死んでるの。魚雷で死んじゃったんだよ」

くぐもった声で言ってから、また歩き始めた。

「今晩ひと晩だけ、この子を抱いて一緒に寝てやるの」

女の残した言葉が美和子の胸を突き刺した。

〈私とは逆だ〉

あの女は自分が助かり、子供を失った。白布が掛けられた亡骸を見ているうちに、堪らなくなり、いつものように子供を背負って外に出たのだ。けれども、どんなに話し掛けても、子供からは何の返事もない。何曲子守唄を歌っても、子供の寝息は聞こえてこない。母親の胸の内を思うと、両目から一挙に涙が噴出した。

留萌に上陸してから、もう一週間が経っていた。

この間美和子は、毎日一度は岸壁の倉庫に足を運び、新たに上がった遺体の中から父と母を捜し続けた。しかし、二人の遺体はもちろん、着ていたものも、リュックサックも見つからなかった。衣服やリュックには名前が付いているから、発見されたら、すぐに連絡が来ることになっている。

橋本貴子は三日前に、迎えに来た兄に連れられて、娘と一緒に落ち着き先の遠軽《えんがる》町に向かった。

山下家では、家長の民雄とその妻の照子の二人が暮らしていた。民雄は留萌町役場の地域振興部に勤務している。一人息子の隆一は北海道拓殖銀行に勤めているが、勤務先は深川支店だから、この家にはいなかった。深川は留萌から四十キロほど内陸にある米作が盛んな町だ。

山下夫妻はどちらも上品で、思いやりのある人間だった。二人のやり取りを聞いていると、この夫婦はどちらかと言えば、かかあ天下のきらいがある。

民雄は照子のいない時、こっそり美和子に打ち明けた。

「実は、私は娘がほしかったんですよ」

美和子が何と返したらよいものかと考えていたら、彼は続けた。

「お父さんとお母さんが見つかるまで、ずっと家にいて構いませんよ。部屋は空いているから、気にしなくてもいいです」

照子も何くれとなく、面倒をみてくれる。

「これは、私が若い頃に着ていたもので、今は体に合わなくなったものなの。貴女が着てくれると嬉しいわ」

こう言って、何着もの衣類を提供してくれた。

夫妻の暖かいもてなしは、戦火で荒んだ美和子の心を癒してくれた。だから恩返しのつもりで、食事の支度、洗濯、掃除、買い物などの家事を、一手に引き受けている。初めは遠慮していた夫妻も、今は好きなようにさせてくれるから、気が楽になった。


もう九月の初旬を迎えていた。

美和子が買い物から帰ってくると、居間にいた照子が手招きをした。

「藤田さん。手が空いたら、ちょっと来てくれませんか」

いつもは優しげに見える顔が、今日は幾分緊張している。

美和子はすぐに気がついた。

〈ここを出ていくように催促されるのだ〉

買ってきたものを台所に置いてから、居間に行くと、照子の向かいに腰を下ろした。頭を下げると、早手回しに自分のほうから言い出した。

「長い間、お世話になって申し訳なく思っています。まだ父も母も見つかってはいません。あと三日したら、第二新興丸は修理をするため小樽に行くそうです。その日まで捜して、見つからなければ、あきらめます。ですから、あと三日だけ待っていただけないでしょうか。もしもお望みならば、今日から内職でもして、少しでもお金を入れたいとも思っています」

　美和子は一気に最後まで話し通した。

　照子は人魂でも見たような顔で、口をあんぐり開けて聞いていた。美和子が話し終わった途端、片手を激しく左右に振った。

「違います、違います。その逆ですよ」

　こう言ってから、優しげに微笑んだ。

「お話というのは、貴女のこれからのことなんです。……それで、もしも、よろしかったら、ずっとこの家で暮らしませんか？」

「……」

　照子が何を言いたいのか分からなかった。

　美和子が黙っていると、ついに照子が白状した。

「実は息子の隆一が、ここに来た時、貴女に一目ぼれをしたんです。それで主人とも相談しました。北海道に親戚がいないということなので、貴女さえよければ、いつまでもここで暮らしていただきたいのです。もちろん、息子と結婚するか否かは、貴女次第です。無理にとは申しません」

　美和子には思い当たることがあった。一昨日の夕方、突然隆一が帰省した。翌日は平日だったので、彼は四人で夕食をとると、遅い汽車で深川に帰っていった。今になって思えば、これは夫妻が仕組んだ「お見合い」だったのに違いない。

　照子が話し終わると、美和子は安別村で教職についていたこと、ヤレックと結婚したことを正直に打ち明けた。彼がポーランド人であることも、樺太で亡くなったことも、すべて話した。

それから照子に頭を下げた。

「私を気遣ってくださり、ありがとうございます。私には分不相応なありがたいお話ですが、私は一度結婚した身ですから、息子さんのお嫁さんにはなれません。申し訳ありません」

美和子の話を聞くと、照子は大きなため息をついた。

「そうですかー。そういう事情がおありだったんですか。こんな美人の先生が、その歳で独身なんて、あるわけがないですよね」

残念そうな口調で言った。

そのあとすぐに、「どうもすみませんでした。さっきの話は忘れてください」と頭を下げた。


それから三日経った日の午後、第二新興丸は当初の予定通り、留萌港を出て小樽港に向かった。被弾したところを修理するため、ドックに入るという。美和子はこの日も港に行ったが、新たな遺体は上がっていなかった。

翌朝、美和子は夫妻の前に正座すると深く頭を下げた。

「これまで長い間、本当にお世話になりました。結局二人の遺体は見つかりませんでした。父と母は海に流されたのだと思います。船も小樽に行ってしまったので、明日旭川に行くことにしました。旭川には昔の家がありますから、私はそこに住んで、何かの仕事を見つけて暮らすつもりです」

照子から、息子との結婚話まで持ち出されては、これ以上この家に世話になることはできなかった。

〈ずたずたに千切れてしまって死ぬよりも、きれいな体のままで、夫婦揃って海に流されたほうが二人にとっては幸せだった〉

こう思ってあきらめることにした。

夜になると、夫妻は近くの寺から僧侶を呼んで、行方不明になった父母のため、自宅でささやかな法要を営んでくれた。さらに、両親の位牌も用意してくれた。

その翌日、美和子は夫妻に見送られ、山下家を後にした。リュックの中には、照子から渡された衣類と父母の位牌も入っていた。

第二新興丸に乗っていた避難民の生存者は、およそ三千人だった。死者は二百五十人で、行方不明者は、少なく見積もっても百五十人は下らない。魚雷が爆発した時、大きな穴ができたのは二番船倉だけではなかった。その真上にあったマストも吹き飛ばされ、そこに大きな穴が開いた。多数の避難民が二つの穴から海に放り出され、そのまま溺れ死んだといわれている。美和子の両親も、二番船倉の穴から海に流されたのに違いない。

第十三節　旭川

美和子が旭川駅に着いたのは、九月十日の午後のことだった。ピレオ村を脱出してから、ちょうど一か月が経っていた。

駅舎を出ると、生まれ故郷の街並みに目を向けた。

初秋の空は晴れ渡り、旭岳が深い青色を背景にして、稜線をくっきり際立たせている。六年前は両親や同級生に見送られる中、希望で胸を膨らませ、樺太に向けて旅立った。その時と同じ駅に着いたというのに、今日は出迎えなしの寂しい帰還だった。

「藤田美和子よ、今日から再出発だ」

背筋を伸ばすと、自分に言い聞かせた。ヤレック、雪子、そして父と母。四人分の命を力に変えて、死んだ彼らのためにも、力強く生き抜かなければならない。

駅前から師団通りをまっすぐ北に進むと、市役所の辺りで左折した。真正面に自分が通っていた日章小学校の校庭が、その右手奥に緑溢れる常磐《ときわ》公園が見えてきた。

美和子の家は日章小学校の敷地から一丁南に位置している。父はずっと樺太に住む気はなく、将来娘が内地に戻ることになったら、適当な時期に自分たちも旭川に戻るつもりだった。だから大泊では会社が借り上げた住宅に入り、旭川の家はそのままにしてある。近所にある「田宮不動産」に管理を頼み、毎年十二月に翌年分の管理費を銀行口座に振り込んでいた。

家の前に着いて、庭を見た時驚いた。木の枝は伸び放題で、地面には雑草が生い茂り、誰かに手入れされているとは思えなかった。

早速ポケットから鍵を取り出した。少しでも早く、両親の位牌を家の仏壇に安置したかった。父は用心深いから、「何かあった時のために、美和子も持っているといい」と言って、大泊で家の合鍵を渡してくれた。あの時渡されなかったら、今夜は宿無しになるところだった。改めて、心配性の父に感謝した。

玄関の戸に鍵を差し込み、右に回そうとしたが、何かに引っ掛かって回らなかった。そのつぎは左向きに回したが、それでもだめだった。

不思議に思って、ひょいと敷居の上を見ると、驚いたことに、表札は「坂本」となっていた。見慣れた「藤田」という瀬戸物の表札の代わりに、聞いたことのない名前の安っぽい木製表札が掛かっている。もう一度鍵穴に鍵を差し込んでみたが、鍵はやはり回らなかった。

玄関の右手に周ると、自室の窓に寄って、中を覗き込んだ。室内は無人で、窓際に置いた机も、真正面にあったお気に入りの箪笥も消えていた。壁に汽車の時刻表が貼られ、部屋の真ん中に飯台が置かれただけの殺風景な部屋に変わっていた。

何が起きたのか、さっぱり分からなかった。こうなったら、管理会社に訊くのが一番だ。さっき来た道を戻ると、途中で中通りに入り、不動産会社のあった場所にやって来た。

けれどもそこは、更地になっていた。

しばらくの間、呆然として立ちすくんでいた。

すこし経ってから気がついた。

〈不動産会社が、勝手に誰かに貸したのかもしれない〉

現在も持ち主が父であることを確認したいと思ったが、どこの役所に行けばいいのか分からない。

とりあえず市役所に行ってみることにした。

市役所の玄関を入ると、一番近くにあった戸籍係の窓口に行った。

美和子が口を開く前に、白髪頭で父と同年くらいの、柔和な目元をした男が訊いた。

「どなたの戸籍のことですか?」

胸に「久保文男」という名札を付けている。

「あの、戸籍のことじゃないんです。家の名義人を調べるにはどこの役所に行けばいいんですか?」

「それは、登記所に行かなければなりませんよ。……家がどうかしたんですか?」

質問したのが、リュックを背負った、いかにも引き揚げ者然とした女なので、久保は何かの事件でも起きたと思ったらしい。

「樺太から引き揚げてきたら、自分の家の表札が他人のもの変わって、鍵も開かないんです。家の管理を頼んだ会社もなくなっていました」

「それは、大変なことになりましたね。私が登記所に電話で問い合わせてあげます。仲のよい友達がいるから大丈夫です。ここに住所と世帯主の名前を書いてください。管理を頼んだ会社の名前もお願いします」

久保は美和子にメモ用紙と鉛筆を渡してくれた。

美和子は記入し終わると、彼にメモを渡し、待合室のベンチに腰を下ろした。

久保はメモを見ながら電話で話し始めた。

それから三十分以上も経った頃、ようやく美和子は名前を呼ばれた。

久保は彼女を事務室の中に招き入れると、空いている椅子を指し示した。もう閉庁時間になっていた。

「窓口を閉めたので、ここで話します。……藤田さんは大変な災難に遭いましたね」

言ってから、美和子の向かいに腰を下ろすと話し始めた。

「登記所の友達から聞いたのですけど、田宮不動産は計画倒産をして、夜逃げしたそうです。それだけじゃありません。管理を任された物件の中から、持ち主が樺太に住んでいる家と土地だけを選んで、これをぜんぶ田宮不動産の所有物件にすると、希望者に安値で売ってしまったんです」

「そんなことが、できるんですか？」

「持ち主の印鑑や委任状を偽造すると、簡単にできるんですよ。司法書士とグルになると、さらに簡単です。藤田さんのほかにも、三軒の家が同じ被害に遭っています。全部今年の一月に名義変更の届けが出て、二月に売却されています。こんな時勢ですから、登記所もよく調べなかったようですね」

美和子は落胆のあまり、全身の力が抜けて、椅子から滑り落ちそうになった。

そんな美和子を励ますように、久保が明るい顔をした。

「でも、大丈夫。裁判で取り返すことができますよ。家と土地の権利書を持参して、登記所に行って相談してください」

けれども、これは無理な話だった。家と土地の権利書は父のリュックに入ったまま、今頃は海底に沈んでいるはずだ。第三者から、父が家の持ち主であることを証言してもらおうと思っても、持ち主本人がいなくてはまったく埒が明かない。

美和子は立ち上がると、久保に礼を言って、深く頭を下げた。悔し涙を流しながら、市役所を後にした。

辺りはすっかり暗くなっていた。美和子は旭橋に立ち、涙で曇った目で、川面に映っている街灯を見つめていた。留萌で貰った義捐金の残りは、汽車の切符とパンを買うとなくなった。自分の箪笥の中には、当座の現金を入れておいたが、家が人手に渡った今となっては、手元にないのと変わらない。もう一銭の金もなかった。

〈ヤレックは死んだ。父と母は海の底〉

自分の不幸は、これだけで終わるのかと思っていたら、さらに「宿無しの文無し」になった。何度も死にそうな目に遭い、やっとの思いで旭川に戻ってきたというのに、新たな悲運が待っていた。運命の神は、自分だけをめがけて悲運の矢を放っている。

美和子が生きるための目的はつぎつぎに変わった。

初めは、ヤレックと一緒に大泊に行き、両親に結婚の挨拶をすることが目的だった。しかしヤレックが死んでしまうと、一人になっても戦火を生き延び、両親に再会することが目的になった。ところが、やっとのことで両親に会い、一緒に引き揚げ船に乗ったのに、北海道に上陸した時両親はいなかった。

〈私には、生きていく目標がなくなった〉

体に力が入らなかった。クラゲになった気分で、上半身がゆらゆら前後に揺れ始めると、町の騒音がしだいに聞こえなくなった。

突然後ろから、両肩をがっしりとつかまれた。

「死んだら、だめだよ」

男の声がして、そのまま灯りの下まで連れていかれた。

「やっぱり、あんただったのかい」

男は久保文男だった。

美和子は不思議そうな顔をして、彼に訊いた。

「久保さん、どうして私がここにいるのが分かったんですか？」

彼は橋の袂を指差した。

「私の家はすぐそこさ」

それから詳しく教えてくれた。

「役所から帰ってきた時、何気なく橋の上を見たら、藤田さんによく似た人が立っていたのさ。その時は家の中に入ったんだけど、気になったから、もう一度外に出てきたの。そうしたら、まだ立っていたから、自殺するのじゃないのかと思って、心配になってここに来たんだよ」

「そうだったんですか。ご心配をお掛けして申し訳ありません」

「この近くに、風紀のよくないところがあるから、若い女が一人でいたら危ないよ。何もないけど、家に行って一緒に夕食を食べよう」

彼は美和子の返事を待たずに、先に立って歩き始めた。

旭橋を渡って北東に向かうと、国内最強といわれた陸軍第七師団の駐屯地があった。日本国内で、兵士が一か所に集まっている師団があったのは東京と旭川だけだ。戦地に赴く時、兵士たちは旭橋を通って出征した。久保が言った「風紀のよくないところ」というのは、第七師団のために設置された「中島遊郭」を指している。

ウドン、佃煮、それに漬物だけの夕食が終わり、洗いものが済むと、二人は茶を飲みながら話し始めた。もう二時間も話し込んでいる。外からは、ときどき旭橋を渡る路面電車の音が聞こえ、その合間を虫の声が埋めていた。

美和子が話し終わった時、久保は両手で顔を覆って鼻をすすった。

「かわいそうで、途中から涙が止まらなくなったよ。これまでも沢山、悲惨な話を聞いてきたけど、あんたのような話は始めてだね」

「もう、ひどい目に遭うのはこりごりです」

「人間、死ぬまでに来る幸せと不幸せの数は同じなんだって。だから藤田さんには、今まで降り掛かった不幸と同じ数の幸せが、これから訪れるよ」

美和子は涙を拭きながら、それが実現することを祈念した。

「だけどさ、ソ連軍に拉致されて、脱出した後も、何度も、何度も危ない目に遭ったのに、よく無事で旭川に帰れたもんだね。きっとヤレックさんが、天国からずっと守ってくれたんだよ」

久保の言葉を聞くと、安別村で初めて彼に会った時のことを思い出した。

久保は真正面から美和子の顔をじっと見つめた。

「私、この頃思うんだけどね、戦いに勝ち負けはないと思う。負けた兵士は体が死んで、勝った兵士は心が死んでしまう。だって、人間は人を殺す時、その前に自分の心を殺しているからね」

まったく久保の言う通りだ。真岡で囚人兵に会った時、相手を殺さずに逃げられたことを感謝した。もしも兵士を殺していたら、いくら囚人兵といえども、一生心に重たい十字架を背負わなければならなかった。

久保は心底嬉しそうに言った。

「話し相手がいるというのは、本当にいいもんだねー。家でこんなに長く話すなんて、もう何年ぶりのことだろう。家内の房江が死んでからは、隣の道子さんと立ち話をするだけだったからね」

隣家の竹内道子は房江の幼馴染で、久保家とは長い付き合いだ。一人息子を戦争で失い、夫にも先立たれて、今は一人暮らしだった。

「それじゃ今度は、私の話を聞いてもらおうかね」

彼は茶をごくりと飲むと、身の上話を語り始めた。


久保は生まれも育ちも旭川で、今年の秋で六十三歳になる。本来なら定年退職している年齢だが、終戦直後で男が少ないから、市役所から請われ、今でも働いている。

十代で旭川市役所に採用され、これまでずっと勤めてきたので「旭川市役所の主」といわれている。全部の部署に配属されたことがあるので、「分からないことがあれば、久保さんに質問するといい」というのが、職員の合言葉になっていた。

妻の房江は八年前に重い肺炎にかかって亡くなり、二人の間に子供はいなかった。

彼はこんなことを教えてくれた。

それから居住まいを正すと、真剣な目を美和子に向けた。

「藤田さん、お願いがあるんだけど。……落ち着き先がないのなら、この家で暮らしてくれないかい。家内の部屋が空いているから、そこで寝起きすればいい。もちろん、部屋代なんかいらないさ。ときどき、話し相手をしてくれるだけでいい」

あまりにも意外で唐突な久保の頼みだった。

美和子があっけにとられて、何も言えないでいると、久保は続けた。

「無理強いしているわけじゃないからね。いやなら、いやですと、はっきり断ってもいいんだよ」

美和子は両手をつくと、畳に額をこすりつけた。顔を上げた時、両目から涙がつつーと零れ落ちた。

久保の目を見つめると、自分の思いを視線に込めた。

「ありがとうございます。もったいないくらいです。いやだなんて、とんでもありません。こちらから、お願いしたいくらいです」

美和子の返事を聞くと、彼は顔いっぱいに笑顔の花を咲かせた。彼女の両手を掴み、何度も頭を下げた。

「そうか、そうか。ありがとう、ありがとう。毎年九月十日を記念日にしたいくらい嬉しいな」

美和子は久保の手から自分の手を引き抜くと、改めて彼の手を強く握り締めた。

第十四節　生きがい

もう十月の二十五日になっていた。

平地ではまだ雪は降らないが、旭岳の頂上付近は、一足先に白粉を塗って冬の化粧を済ませている。

旭川駅前の「師団通り」が「平和通り」と名前を変え、「軍都旭川」も大きく様変わりした。北海道にも連合国軍が進駐すると、一部が旭川にも分駐した。二日前には、数十人の米軍兵士が稚内に進駐すると、ソ連軍の動きを探るため、クサンル地区の国鉄練成所に基地を建設した。

久保の家に住み始めて、一か月半が過ぎ去った。彼は美和子を、最初は「藤田さん」と呼んでいた。しかし一週ごとに、「美和子さん」「美和ちゃん」と変わり、最後は「美和子」になって落ち着いた。

呼び捨てにされると、父親と暮らしているようで、嬉しかった。日曜日に二人で連れ立って歩いていると、本当の親子と間違われることもしばしばあった。

今月から、美和子は市役所の臨時雇いとして働いている。久保が「字の上手な、師範学校を出た女の人が仕事を探しています」と市長にじきじきに頼んでくれた。終戦直後で、有能な職員が不足していたから、即決で採用が決まった。

彼女は勤めて十日もしないうちに、謄写版《とうしゃばん》の「ガリ切り」をやったり、毛筆書きの垂れ幕やポスターを作成したり、辞令や賞状の名前を書くなどして、あちこちの部署から引っ張りだこの人気者になった。

謄写版というのは孔版印刷の一種で、この印刷方法を使うには、専用のヤスリ盤に載せたロウ引きの原紙に、鉄筆で字を書き、原版を作らなければならない。鉄筆で字を書く時、ガリガリという音が出るので、この作業をガリ切りと呼んでいる。

美和子は時給制で雇われたから、勤務時間にも、ある程度の自由があった。正規の職員よりも、出勤は一時間遅く、帰宅は一時間早めてもらった。おかげで、出勤前に洗濯や家の掃除を済ませ、帰宅途中で買い物をする時間ができた。

旭川市では、空襲があった時の延焼防止のために、軍の命令で路面電車の線路沿いにある住宅は撤去され、そこが空き地になっていた。終戦後は、ここに人が集まるようになり、いつの間にか闇市ができた。夫の給料だけでは家族を養えないので、市内の主婦たちは、毎日のようにこの場所で店を開いた。戸板の上には、野菜、果物、海産物、澱粉工場でつくられた飴などが並んでいた。美和子はここで食材を買い、夕食の支度をして久保の帰宅を待っていた。

房江が使っていた部屋はベッドを備えた洋室で、大きな出窓が付いている。洋装が好きな彼女はミシンを使い、自分が着るものを仕立てていた。部屋には今でもミシンがあり、沢山の布地も買い置いてあった。

そのミシンだが、戦争中ミシンは軍だけが購入を許され、庶民が買うことはできなかった。それ以前に入手したミシンについても、国防婦人会が町内を回り、国への供出を強要した。この時久保は「家にあるミシンは房江の体の一部だから、部屋と一体になっている」と言って、頑として供出を拒絶した。

師範学校の必修教科には「家事」や「被服」があったから、美和子は裁縫が得意だった。自分の家にもミシンがあり、母親から使い方を教わったたし、師範学校の裁縫室でもミシンを使っていた。久保の許しをもらうと、ミシンを踏んで彼の衣類を修繕した。

久保は博識だった。すごい読書家で、自室の本棚にはぎっしり蔵書が並んでいた。当時旭川市には市立図書館がなかったが、五条通り六丁目に「下村文庫」という私設図書館があり、ここは一般に開放され、多くの市民が利用していた。この図書館は、市内で醸造業を営んでいた下村長蔵が、大正七年に私財を投じて開設したものだ。美和子は久保に頼まれて、ここから何度も本を借りてきた。

美和子から本を受け取る時、久保は力説した。

「これからの日本人は、長いものには巻かれろ、ではだめなんだよ。国の言うことを鵜呑みにしないで、自分自身で考えることが大事さ。そのために私は、沢山の本を読んで、いろいろな考え方を身に付けようとしているんだ」

彼の目の奥底には、求道者にも似た何かを希求する強い光が宿っていた。

市役所に勤めながら、しかもこの歳で読書に励む久保に対して、美和子は畏敬の念を抱いた。師範学校の教員たちにも、彼のような人間はいなかった。

それから四日経った日のことだった。

美和子は買ってきたホッケを、まな板の上に載せると、出刃包丁を突き刺して腹を真一文字に切り裂いた。内臓をかき出して手に持った時、突然吐きそうになった。慌てて流しに顔を突き出すと、酸っぱいものが何度かこみ上げてきた。しかし固形物は出てこなかったので、食あたりとは思えなかった。

〈ひょっとしたら……〉

この二か月間生理が止まっていた。

美和子はヤレックの顔を思い浮かべた。

〈彼の子供を授かった〉

嬉しくて、嬉しくて、涙が出てきたが、自信を持てなかったので、道子の意見も聞くことにした。

外に出ると、早速竹内家の戸を開けた。

「おばさん、いますか?」

すぐに、「いるよー、美和ちゃんかーい」という声が聞こえた。

道子は玄関に出てくると、美和子を手招きした。

「そんなところに立っていないで、中に入ればいいべさ」

「すみません、食事の支度が途中なので、ここで話します」

美和子は、さっき吐き気がしたこと、生理が止まっていることを道子に教えた。

「わしの時も、それぐらいの頃だな。……七月末に結婚したのなら、今頃でも、おかしくないよ」

「やっぱり、そうですか」

「明日にでも医者に診てもらったほうがいい。田辺産婦人科が近くていいんでないかい。一緒に行ってやるから、だいじょうぶだ」

「でも、また今度にします。今は、お金がないから」

美和子は道子の誘いを断った。

その日の夕方、久保は役所から帰ってくると、美和子に話し掛けた。

「道子さんから、役所に電話があった。明日、美和子は役所を休みなさい。休暇届けは、さっき私が出しておいた。田辺産婦人科を九時に予約してある。道子さんが一緒に行ってくれる。お金ならあるから、心配しないでいいからね」

思いもしなかった久保の言葉だった。

美和子は彼の厚意をありがたく受けることにして、深く頭を下げた。

「それじゃ、お言葉に甘えて受診させてもらいます。お金はあとで、お返しします」

翌日の夕食は祝宴も兼ねていた。いつもの二人に加え、道子も肉鍋を囲んでいる。彼女は赤飯を持って訪れた。

久保は役所を早退すると、途中で豚肉を買ってきた。当時庶民が食べる肉といえば鯨肉で、これは海産物として、魚と一緒に売られていた。精肉店に行っても牛肉はなく、豚肉が最上の肉だった。

「予定日が、四月末から五月初めなんて、産むのにちょうどいい季節だねー」

道子が言うと、久保が大きく頷いた。

「どんなに死にそうな目に遭っても、美和子が生き延びた理由は、これだったんだよ。神様は、赤ん坊のことを知っていたんだ」

「そうだ、そうだ。神様は何でもお見通しだからねー」

久保の言葉に、道子は相槌を打った。

美和子には、目の前の二人が、孫の誕生を待ち望んでいる両親に見えた。

年が明けて、昭和二十一年の五月一日を迎えた。

この日の朝、美和子は田辺産婦人科で母親になった。生まれたのは女の子だ。娘の誕生を祝うかのように。常磐公園の桜も咲き始めた。

子供の名前は、去年から決まっていた。ヤレックというのは、ポーランド語で「春」を意味している。出産予定日も春だから、名前には「春」の字を入れようと思っていた。男の子だったら、自分の名前からも一字を取って「春美《はるみ》」、女の子だったら、画家であるヤレックの母親に敬意を表して「春絵」と決めていた。

春絵を取り上げた助産婦は「うわー、目が青くて、フランス人形みたいな赤ちゃんだ」と驚嘆した。

道子は「色が白くて、白雪姫みたい。美人になるよー」と喜んだ。

久保は「マリア様が抱いている幼子イエスとそっくりだ。いや後ろで羽を広げているエンゼルのほうが似ているかな。まあ、どちらでもいいけど、西洋画に出てくるようなかわいい子供だね」と目じりを下げた。

三人の言うことは、お世辞でも何でもなかった。赤ん坊なのに鼻筋が通り、目の色は驚くほどの青色で、髪の毛は金髪そのものだった。

ヤレックも、生まれた時は金髪で、真っ青な目をしていたそうだ。彼からは「髪の毛と目の色は成長するにつれて変わるよ。目の色は灰色がかってくるし、髪の毛も暗い色になってくる」と聞かされていたが、春絵の場合はこのまま変わらず育ってほしかった。

〈この子はヤレックに生き写しだ〉

春絵の顔をよく観察しても、母親に似ているところは、ほとんどなかった。ふつうの母親なら、これを不満に思うだろうが、美和子にとってはむしろ嬉しいことだった。

子供の寝顔を見ていたら、生き延びた喜びを実感した。樺太から引き揚げる時は、自分が助かろうと思って無我夢中だったが、今になってみると、二つの命を守っていたことになる。

〈ヤレックは私に新しい目標を与えてくれた〉

「ミワコ、シッカリ、ソダテテネ」

ヤレックの口真似をしたら、体全体に力がみなぎった。

第十五節　迫害

もう五月の下旬になっていた。

美和子は出産のあと、一週間で退院すると、仕事を休み、家で静養していた。しかし産後の肥立ちもよいので、来月からは仕事に復帰するつもりだ。市役所に行っている間は、道子が春絵の世話をしてくれる。

道子の家では、二頭のヤギを飼っていた。美和子が不在の時、春絵は母乳の代わりに、ヤギの乳を飲むことになる。ヤギの乳は成分が母乳に近いから、母乳の代用品として最適だった。春絵に限らず、戦中・戦後生まれの子供には、ヤギの乳で育てられたものが少なくない。

その日美和子は、朝の掃除をしようと思い、箒とちりとりを持って外に出た。玄関横の板壁に目を向けた時、思わず「えー、なにこれー」と叫び声を上げた。


「パンパンは出ていけ」

「パンパンの家」


こんなことが書かれた二枚のビラが貼られていた。道路の向こうからも見えるくらいの大きな白い紙に、筆字で黒々と書かれている。パンパンというのは、駐留軍兵士の相手をする街娼を指している。

美和子は驚くのと同時に腹が立った。この家にいる女は一人だけだから、パンパンというのは自分を指していることは間違いない。一瞬破り捨てようかと思ったが、久保に見せたほうがいいと思い、ビラを剥がして折り畳んだ。

その日久保が帰宅した時、美和子は二枚のビラを彼に見せながら、今朝のことを報告した。

話を聞いても、久保は驚かなかった。憮然とした顔で、手に持った便箋を美和子に差し出した。

「市役所にはこんな投書が来た」

美和子は便箋を手に取ると、読み始めた、

旭川市長殿

今日はお願いがあってお手紙を差し上げました。

旭川市役所には、現在一人の若い女が臨時で雇われていますが、彼女を採用する時、身辺調査をきちんとやったのでしょうか。彼女は市役所で働くにはふさわしくない、あまりにもふしだらな女です。

と申しますのは、日本国民が窮乏に耐え、一丸となって米英と戦っていた時、この女は敵国の男と関係を持ち、最近になって混血児を産んだのです。この子供の父親が敵国人であることは、はっきりしています。

これだけではありません。女は親子ほども歳の違う男に取り入って、この男と同棲しています。さらに驚くべきことに、この男も市役所で働いているのです。

こんなみだらな男女に、市民の血税から給料を払ってよいものでしょうか。

また、子供連れの市民が大勢出入りする市役所で、こんな男女が働いていてもよいのでしょうか。

私は、二人を即刻クビにするようにお願いいたします。

一市民より

美和子が読み終わると、待っていたように久保が断言した。

「ビラも投書も、高橋君子の仕業だ」

「その人は誰ですか？」

「戦時中、国防婦人会の会長をやっていた女だ。ミシンを供出しなかった時、私を非国民と言って、罵ったよ。その時のことをずっと根に持っていたんだな」

彼は頭を左右に何度も振ると、落胆した声を出した。

「ああー、無知というのは、どんな兵器よりも、恐ろしいものだね。ポーランド人とアメリカ人の区別もつかないんだから、話にならないよ。ポーランドが敵国じゃなかったことを理解していないんだ」

春絵が生まれた翌日、君子から訊かれた道子は「美和ちゃんはポーランド人と結婚していたんだよ。その人が春絵ちゃんの父親さ」と教えた。それなのに、君子はこんな投書をよこしたのだ。

美和子は久保の言葉を聞いた時、〈市役所を辞めて、この家を出よう〉と決心した。これ以上彼に迷惑を掛けることはできなかった。それに、ビラや投書だけならまだよいが、春絵の身に危険が及ぶことになったら取り返しがつかない。頭の中で「誘拐」の二文字が明滅した。娘に何かあったら、自分を犠牲にして妻と子を守ってくれたヤレックに申し訳が立たない。

美和子は畳の上に両膝をついた。深く頭を下げてから、顔を上げると、久保の目をじっと見つめた。

「今までありがとうございました。私は市役所を辞めて、ここを出ていきます。これ以上久保さんに迷惑を掛けることはできません」

「その必要はない。悪いのはあの女だ。美和子は何も悪くないよ」

久保が引き止めても、美和子は決心を変えなかった。


その一週間後、美和子と春絵は隣の町内にある愛育館という母子寮に引っ越した。

玄関を入ると、長い廊下に沿って、左右に部屋が並んでいる。美和子の部屋は一番奥だから、内鍵をかけておけば、外部の人間が部屋に侵入する恐れはなかった。これなら春絵が危ない目に遭うこともない。部屋は六畳一間しかなく、台所、風呂、便所は共同だが、旭川市から補助が出るので、家賃は相場の三割程度だった。

ここに入居できたのは、久保が市長に頼んでくれたおかげだ。彼は餞別代わりに、房江のミシンと布地を持たせてくれた。

美和子が引っ越しを終えると、久保は市役所を辞めた。自分が勤めている限り、いやがらせの投書が続くと思ったからだ。市長も久保が辞めることを望んでいたらしく、退職願を見せられても、慰留はしなかった。この時すでに、久保は下村文庫の司書として転職することが決まっていた。

美和子は母子寮で、仕立物や衣類の修繕をやって生計を立てることにした。久保から、「教員資格があるんだから、先生になればいいのに」と勧められたが、学校でも誹謗と中傷の嵐に遭うことを怖れ、教員になることは考えなかった。

早くもその翌日から、美和子はミシンを踏み始めた。道子が、近所の主婦から頼まれた仕事を持ってきてくれた。

久保は久保で、本を借りにくる主婦たちに、「仕立物や衣服の修理は、愛育館の藤田さんに頼むと安いですよ」と宣伝した。

美和子は連日ミシンを踏んだ。道子と久保のおかげもあって、切れることなく仕事が舞い込んだ。

出産の費用は、全部久保が払ってくれた。

「返すのは、将来の出世払でいいからね。たぶんその前に、私が死んでしまうから、返す心配はしなくてもいいと思うよ」

彼はこんなことを言ってくれたが、少しずつでも返すつもりだった。

仕事に疲れたら手を休めて、春絵の寝顔を見て微笑み、母乳を飲ませる時は子守唄を聴かせた。春絵が笑うと、部屋一面に花が咲き、春の空気で満たされる。娘は名前のとおり、存在自体が春だった。

道子は毎日絞りたてのヤギの乳を届けてくれた。春絵は母乳とヤギの乳を飲み、健やかに育った。子供と一緒に暮らすことは、どんな薬よりも効果がある。朝起きて、横で寝ている春絵の顔を見ると、寝不足の体にも一気に元気が蘇った。

幸せに満ちた母子の暮らしは、このまま続くかと思われた。

ところが八月下旬に、美和子は過労のために、ついに倒れてしまった。夏風邪にかかったらしく、この三日ばかり、咳が出て、体が熱っぽかった。

「春ちゃんに風邪がうつると大変だから、私が面倒をみるからね」

道子はこう言って、春絵を連れて自宅に帰った。

様子を見に来た久保は、心配げな顔をした。

「ただの風邪ならいいけど、房江の時みたいに肺炎だったら大変だから、レントゲンをとったほうがいい」

彼は仕事を休むと、遠慮する美和子を近所の山田内科に連れていった。

診察が終わると、レントゲン写真を見た医者は疑いのない口調で断言した。

「肺炎ではなくて、結核です。ここに、はっきりした結節の影があります。藤田さんにも、見えますよね?」

彼は美和子の返事を待たずに、旭川赤十字病院の医者に手紙を書き始めた。

封筒に入れた手紙を渡す時に忠告した。

「栄養不足だから、滋養のあるものを食べるようにね。それと、子供に感染しているかもしれないから、すぐに診察を受けさせてください」

こうして美和子は、その翌日に赤十字病院の結核病棟に入院した。入院している間、春絵の世話は道子が引き受けた。幸いにも、久保、道子、春絵の三人は結核に感染していなかった。

結核病棟は、美和子にとって想像以上につらい場所だった。マスクを掛けた大人は、面会室での面会を許されたが、子供は規則上結核病棟に入れないから、春絵と会うことはできなかった。刑務所でさえ、子供と面会できるのに、ここではそれが許されなかった。久保は美和子のために、写真館で撮った春絵の写真を持ってきた。

十月の初旬になると、病院前のナナカマドの実が真っ赤に色づいた。美和子はベッドの上で、上半身を起こすと、窓から外に目を向けた。ナナカマドが大きなかがり火になって、道路に沿って並んでいる。

午後になって、久保が病院に来ると、美和子を面会室に呼び出した。いつもと違って、マスクから出ている目が険しかった。

彼は、周りを見回すと、声を潜めた。

「これまで美和子に隠していたことがあるんだよ。だけど、どうしても話さなければならなくなった」

美和子は息を詰めて、彼の顔を見つめていた。

美和子が入院してまだ間もない九月三日の昼前のことだった。道子は春絵を寝かしつけると、家の裏にある畑で、ヤギの餌にするため、雑草をむしり始めた。

一時間ばかり経って、家に入ろうとしたら、玄関の戸が開けっぱなしになっていた。畑に行く時は閉めて出たから、不思議に思って家に上がった。奥の部屋の襖が半分だけ開いていた。彼女は胸騒ぎを覚え、慌てて部屋に駆け込んだ。

そこで寝ているはずの春絵が消えていた。掛け布団が跳ね除けられ、敷き布団には小さな凹みがあるだけだった。

道子は初め体をこわばらせていたが、我に返ると部屋中を捜し始めた。押入れ、天袋、床の間などを、つぎつぎ探したが、春絵はどこにもいなかった。そのつぎは廊下に出ると、台所、便所、物置など、家中を探したが、すべて無駄に終わった。春絵はまだ自力では移動できないから、誰かが家に入って、連れ出したとしか考えられなかった。

表に駆け出すと、近所の家をたずね歩いた。しかしどこにも見つからなかった。疲れ果てて、家に戻ろうとした時、町内の共同ごみ捨て場のほうから、赤ん坊の泣き声が聞こえた。ごみ捨て場に行って、あちこち探してみたら、綿のはみ出た破れ布団の陰で、春絵は両手を握り締め、唇を震わせて泣いていた。急いで家に連れ帰り、体中をくまなく調べたが、傷や痣はついていなかった。

犯人は高橋君子だと思われたが、証拠がないので断定できなかった。町内には、春絵を背負った道子が、自分の家の前を通ろうものなら、つばを吐いたり、塩をまいたりして、露骨に嫌悪感を表す老婆がいる。生まれた子供に罪のないことは十分分かっているのだが、外国人に身を任せた母親を憎悪するあまり、こんなことをやってしまうらしい。この老婆が春絵を連れ出したことも十分考えられた。

当時混血児を汚物のように忌み嫌う人間は珍しくなかった。新聞でも、「娘がソ連兵に強姦されて身ごもったのを知ると、激怒した父親が、汚れた子供が生まれる前に成敗する、と言って、日本刀で娘を切り殺した」という事件が報じられた。

久保は一気に、こんなことを話してくれた。

美和子は、彼が話し終わると同時に、大声で泣き出した。

「おー、ひどいよー。あんなかわいい春絵をごみと一緒に捨てるなんて、悪魔だよー」

今すぐ道子の家に駆けつけて、娘を力いっぱい抱き締めたかった。そうしながら、「お母さんが悪かった。許してね」と謝りたかった。けれども結核を患う身では、それができないのだ。悔しさが涙になって両目から滴り落ちた。

久保が、重大なことを言いたげな目つきで、美和子の顔をじっと見つめた。

「道子さんは、春ちゃんが心配で夜も眠れないんだって。これ以上道子さんに迷惑を掛けられないよ。春ちゃんが町内にいたら、この先どんな目に遭うか分からないから、この際、春ちゃんをよそで預かってもらおうと思うんだ」

春絵が道子の家にいても、結核が治らない限り、会えないことは何も変わらない。今最優先に考えるべきことは、春絵の身を守ることだ。

彼女は即座に久保の意見に賛成した。

「私もそれがいいと思います」

「それでね、旭川市内でいろいろ探してみたんだよ。そうしたら、新生児から二歳児までなら預かってくれる乳児園があったんだけど、混血児はだめだと言われてさ。あくまでも日本人の子供しか預からないんだって」

「そうなんですか……」

美和子の目の前で、開きかけていた扉が音を立てて閉じてしまった。改めて、混血児が嫌われていることを思い知らされた。

しかし久保は目を輝かせた。

「ところがね、札幌に混血児でもいいという孤児院があったんだよ。ここは慈育園といって、教会がやっている施設だ。日本人の戦災孤児のほかに、日本人と白人や黒人との間にできた混血児が何人も入っていたよ。本来は親がいない子供だけなんだけど、事情を話したら、預かってもらえることになった」

「久保さん、ありがとうございます。私のために、札幌まで行ってくれたんですね。春絵をそこに入れてくれませんか。是非お願いします」

美和子は暗闇の中に一点の灯りを見た。

第十六節　別離

それから三日経って、春絵が札幌に行く日を迎えた。

この病院では、一般病棟と結核病棟はガラス戸で仕切られている。久保が看護婦長に頼み込んだら、美和子はガラス戸越しに春絵に会うことを許された。

美和子は引きずるような足取りで、結核病棟の廊下を歩き、ガラス戸の前にやって来た。体重が急激に落ちたので、自分の足が他人の足になって、力が入らなかった。

約束の午前十時ちょうどに、春絵を抱いた道子が、久保と一緒に廊下の向こうから歩いてきた。母親を見つけると、春絵は天使の笑顔を見せた。両手を出して、母親に抱っこをせがんでいる。

けれども美和子は、ガラス戸にぴったり張り付いて泣いているだけだった。

春絵は道子の腕から落ちそうになるくらいに体を傾けると、上半身を突き出して、両手を差し出した。

子供は母親に抱っこをせがみ、母親もわが子を抱き締めたいと切望しているのに、そうすることは許されなかった。これは拷問と変わらない。

〈春絵をこの手に抱けるなら、直後に死んでも悔いはない〉

美和子は堪らずその場に泣き崩れた。ガラスの厚さはわずか数ミリだが、彼女にとっては無限の厚さだった。

月が変わって十一月を迎えた。

初雪は三日前に降ったが、街のアスファルトはたった一日で雪化粧を洗い落とした。根雪になるのはまだまだ先のことだ。

朝の検診が終わると、美和子は久保から面会室に呼び出された。

「昨日、慈育園から電話がきた。それで相談があって、来たんだよ」

「春絵のー、ことですか？」

彼女はけだるい口調で返事をした。このところ微熱が続き、夜中には咳が出るから、眠れない日が続いていた。今日も朝から頭がぼんやりして、久保の顔が霧の向こうに見えている。

「春ちゃんに、いい養父母が見つかった」

彼が初めて使う言葉だったから、美和子は訊き返した。

「ヨーフボ？」

「そうだよ。二日前に、進駐軍で通訳をやっているベーカーさんという人が、奥さんと一緒に慈育園に来たんだってさ。その時二人は、春ちゃんのことをすごく気に入って、美和子さえよければ養女にしたい、と言ったそうだよ」

美和子は久保が言い終わる前に、血相を変えて拒絶した。

「絶対にいやです。春絵は永遠に私の子供です」

「その気持ち、分かるよ。母親ならそう思うのは当然だ。だけど、そろそろ考えてもいい頃じゃないか、と思ってさ」

美和子が黙っていると、久保は一気に話し出した。

「この際だから、はっきり言わせてもらう。前に担当医と話したんだけどね、美和子の病気が治る可能性は一割もないそうだ。美和子が死んだら、春ちゃんは孤児になる。たとえ病気が治るとしても、何年掛かるか分からない。美和子が治った時、私がお母さんですよ、と言っても、大きくなった春ちゃんにすんなり受け入れてもらえないよ。子供の幸せを考えるのなら、今のうちに誰かに引き取ってもらったほうが、絶対にいい」

彼はここで言葉を切ると、美和子の返事を待っていた。

しかし、彼女が何も言わないので再び話し出した。

「春ちゃんは大きくなったら、髪の毛が黒っぽくなって、日本人の特徴が出てくるかもしれない。ベーカーさんの奥さんは日本人だ。ベーカーさんの養女になれば、お父さんがアメリカ人で、お母さんが日本人になるんだよ。誰が見たって本当の親子だと思うだろう。彼はもうすぐ、軍を辞めて自分の会社を立ち上げるから、将来春ちゃんは社長の娘になって、玉の輿にも乗るんだよ。子供の幸せを一番に考えるのなら、ベーカー夫妻よりいい養父母はいないよ」

美和子は話を聞いているうちに、〈彼の意見も尤もだ〉と思い始めた。しかし、すぐには決心がつかなかった。なにしろ、春絵を手放すなんて考えたこともなかった。

「返事は、今でなくてもいいからね。明日また来るから、それまでじっくり、考えておくんだよ」

久保は言い置くと、面会室から出ていった。

夕方になると、美和子は十人部屋から五人部屋に移された。結核病棟では、病状が悪化すると、大部屋から小部屋へ移され、死期が近くなると個室に移される。ほかの患者たちの哀れみのこもった視線を浴びながら、看護婦に支えられて大部屋を後にした。

小部屋に入った瞬間、死の匂いを嗅ぎ取った。

〈年が明けたら、個室になるかもしれない〉

五人部屋の空気は、これまでの部屋とは成分が違っていた。凝縮すると鉛になって、体全体を押さえつけた。

当時結核を治すには、新鮮な空気を吸い、滋養がある物を食べ、日光浴をするのがよいとされていた。治療薬としては、病院が処方する白くて苦い粉薬を飲んでいる。この薬は、肺に開いた空洞に石灰分を沈殿させて、穴を埋める効果があるといわれていた。しかしこれを飲んでも結核菌は死なないから、患者が生きるか死ぬかは、運と体力次第だ。その頃は日本全国で年間十五万人が結核で死亡した。

美和子はその夜、ベッドの中で一睡もできなかった。頭の中で、昼間久保に言われた言葉が、わんわんと鳴り響いている。

さっきから、何人もの自分が言い争っていた。

〈自分が産んだ子供なら、どんなことがあっても手放してはいけない。一度手放したら、取り返すことはできない〉

〈子供を育てることは母親の幸せだ。けれども、母親が幸せになるために、子供を不幸にすることは許されない。母親の幸せ以前に、まず子供の幸せを考えるべきだ〉

〈子供が大きくなって、事実を知ると、わが子を手放した母親を恨むことは間違いない。そうなってもいいのか〉

〈子供を育てるということは、将来子供が幸せになることでなければならない。意地を張って子供を手放すまいとしても、親が死んでしまったら、子供は不幸になるだけだ。親の自己満足で、子供が不幸になったら、育てたことにはならないのだ〉

ついに美和子は決心した。毛布の下でロザリオをまさぐりながら、ほかの患者に聞こえないように呟いた。

「ヤレック、私はもうすぐそばに行くよ。だけど、私たち二人の春絵は、生き残って幸せになるから、私のことを許してね」

それから毛布をかぶると、体を震わせてむせび泣いた。運命の神に負けることが悔しかった。ヤレックとの約束を果たせないことが悲しかった。

長い夜が明けても、美和子の決心は揺るがなかった。面会に来た久保に、しっかりした口調で返事をした。

「久保さん、決心しました。春絵のこと、ベーカーさんにお願いしてください」

「そうか、そうか。よく決心してくれたね。私も嬉しいよ。それで、夫妻に何か伝えることはあるかい」

「お二人の愛情に私の愛情も足して、春絵のことを、たくさん、たくさん愛してくださいできるのならば、私が死ぬ前に、ガラス戸越しでいいので、春絵に会わせてほしいです。……これを伝えてください」

美和子は話し終わると、肩で大きく息をした。これだけのことを話すのが、こんなに疲れることだとは思っていなかった。

「久保さん、待ってください」

彼女は廊下に行こうとしていた久保を呼び止めた。

彼が戻ってくると、頭を下げた。

「すみませんが、もう一つお願いがあります。……戸籍の父母の欄に、私とヤレックの名前を書かないようにできますか？」

「できるよ。裁判所の許可をもらって特別養子縁組にすれば、戸籍にある父母の欄に、養父と養母の名前だけを記入しておけるよ。旭川市役所では、捨て子が誰かに引き取られた場合も、こうやって処理している」

久保は即答した。仕事柄、これまでいろいろなケースを扱っていた。

美和子は彼に向かって両手を合わせた。

「そうしてください。将来春絵が戸籍謄本を見た時、実の両親の名前が書かれていたら、悩んだ末に、調べようとするかもしれません。父親と母親の名前が一つずつなら、いろいろと思い悩まなくてもいいでしょう。結核の体では、これが、私にできる精一杯のことなんです」

「よく分かった。ベーカーさんにしっかり伝えるからね」

彼は涙をこらえながらも、はっきりと請合った。

久保が出ていくと、春絵の写真を見ながら、背中を震わせて号泣した。

第十七節　僥倖

昭和二十二年の一月を迎えても、美和子はまだ五人部屋にいた。ほかの四人の患者たちにとって、「こんど個室に移るのは、誰だろうか」というのが最大の関心事だ。彼らの噂では、美和子が一番の候補に上がっていた。

春絵を手放してからというもの、美和子は喪失感に押しつぶされ、死ぬことばかり考えていた。〈春絵が幸せになるのなら、私は死んでも構わない。自殺ではないから、ヤレックも許してくれるはずだ〉

さすがの「じょっぱりお雛さま」も、生きることを放棄した。

深夜になって、暗闇の中で目を開けるたびに〈自分はもう死んでしまって、埋葬されているのだ〉と錯覚した。春絵と一緒の夜は、幸せな朝を約束する夜だった。すぐ横から娘の寝息が聞こえ、安息の時が流れていた。しかし今の夜は、永遠に明けることのない夜だった。たとえ明けたとしても、つぎに来るのは明るい朝ではなく、さらに深い闇夜に続く絶望の朝だった。

朝起きて、病室の窓から外を見ると、辺りの風景がモノクロの世界に見える。前は赤かった市場の看板も灰色になり、街路樹を見ても、名前の分からない黒い物体にしか見えなかった。

昼夜の別なく、春絵に授乳している夢を見た。嬉しくなって目を開けると、両腕に抱いているのは、澱みきった結核病棟の空気だった。

〈死ぬ前に一度でいいから、この胸に春絵を抱きたい〉

わが子を抱けない胸は鉄板みたいに薄かった。今ではただの突起となった乳首に触り、美和子はしのび泣いた。

病院が処方した粉薬は、飲み終わるまで看護婦が見ているから、飲まないわけにはいかなかった。しかし食事は、小鳥が餌をついばむ程度しか手をつけなかった。食事をとれば、その分だけ、長く生きなければならない。春絵のいない毎日を生きるのなら、迫りくる死神を、自分のほうから迎えに行きたかった。

医者にとって、生きる意欲のない患者ほど扱いにくいものはない。結核の治療は体力勝負だから、美和子の病状は日に日に悪化した。

そんな毎日を送っていた日の午後のことだった。看護婦が「さっき担当の先生に小包が届いたのですが、その中に藤田さん宛ての手紙が入っていました」と言って、手紙を届けてくれた。

美和子は看護婦に手伝ってもらい、ベッドの上に上半身を起こすと、手紙を開封した。

親愛なる美和子様

お加減はいかがでしょうか。

裁判所と市役所での手続きも無事に終わり、春絵ちゃんは、十二月にベーカー・春絵となりました。これもすべて、美和子様のご理解のおかげだと思い、私たち二人は心から感謝しております。

春絵ちゃんは、本当にかわいい女の子です。私も妻も、天から舞い降りた幸せの天使だと思い、精一杯かわいがるつもりですから、どうかご安心ください。

ストレプトマイシンが手に入ったので、お送りいたします。去年の十一月に、美和子様の病気のことを、久保さんから聞きました。その時すぐに購入希望を出したのですが、軍の在庫が切れていて、入荷を待たなければなりませんでした。二日前に本国から届いたので、お送りした次第です。

この薬が美和子様に幸せを運ぶのでしたら、わたしたち二人はとても嬉しいです。

一日でも早く、ご病気が治ることを祈念しております。

トマス・ベーカー

美和子の両手が震え、便箋がかさかさと音を立てた。

〈春絵に会える〉

出口が見えなかったトンネルに、一筋の寂光が射し込んだ。ストレプトマイシンのことは、前に新聞を読んで知っていたが、アメリカの患者だけが使える薬で、日本の患者には縁のないものだと思って、あきらめていた。

廊下を歩く足音が聞こえると、担当医が病室に入ってきた。彼の顔には、この病室では見せたことがない満面の笑顔が広がっている。

彼はほかの患者に聞こえないように、そばに来て小さな声で教えてくれた。

「藤田さん、札幌のベーカーさんからストレプトマイシンが送られてきました。これさえあれば、もう大丈夫。注射を打てばすぐに治りますから」

当時日本の医者は、新薬のストレプトマイシンがあれば、結核は治ることを知っていた。けれどもこの抗生物質は、発見されてから三年しか経っていなかったから、日本国内ではアメリカ駐留軍が持っているだけで、民間では売られていなかった。

たとえ闇のルートで買えたとしても、患者一人の治療に使えるアンプルの値段は、庶民の半年分の給料に匹敵する。だから医者は、この薬の効果を知っていながら、患者に勧めることはしなかった。

美和子は、すぐに念を押した。

「ストレプトマイシンを打ったら、本当に元の体になるんですね?」

医者が言ったことは、地獄から一気に天国に向かうものだったから、にわかには信じられなかった。

「なりますよ。私は嘘をつきません」

医者は彼女の肩に手を置くと、はっきりと請合った。

この瞬間、病室の壁が虹色に変わると、溢れ出た喜びが美和子の目から涙を一挙に押し出した。目の前に「退院」の文字が浮かび上がると、いくつにも増殖して、病室中を飛び回った。

翌日、美和子は個室に移された。部屋を出る時、事情を知らない患者たちは、顔を伏せて彼女の顔を見ないようにした。しかしこの引っ越しは、美和子だけが特別な治療を受けることを、ほかの患者に知られないための措置だった。

その日から、二日に一度の注射が始まった。

ストレプトマイシンの効果は驚異的なものだった。美和子の結核は、それから一か月で完治した。担当医はレントゲン写真を指し示しながら、「結節の影がぜんぶ消えて、肺がこんなにきれいになっています。新薬の威力はすごいですね」と驚嘆した。

ストレプトマイシンを発見したのはセルマン・ワクスマンだ。ウクライナ出身のユダヤ人で、当時アメリカのラトガース大学で生化学の教授を務めていた。結核に効果のある抗生物質はストレプトマイシンが初めてだった。彼はこの業績により、五年後にノーベル生理学・医学賞を授与されている。

この薬で命を救われた人間は、地球上に数え切れないほど存在する。その中には、今上天皇やイギリスの首相を務めたチャーチルも含まれていた。

元気になると、美和子の頭に真っ先に浮かんだことは〈どうにかして春絵を取り戻せないものか〉ということだった。

しかし、これはわがままな願いだった。結果的には、春絵がベーカーの養女になったから、美和子の命が助かったのだ。春絵を手放すことを拒んだら、母親は死に、子供は孤児になっていた。なによりも、命の恩人ともいえるベーカーに、「春絵を返してください」とは口が裂けても言えなかった。

退院した後は、ずっと道子の家に世話になっていた。

久保が「私の家で静養してもいいんだよ」と言ってくれたが、「また久保さんに迷惑を掛けるといけないので、そんなことはできません」と断った。

その時、そばにいた道子が誘ってくれた。

「美和ちゃん、うちに来たらいいべさ。部屋が空いているし、女二人で住むんだから、だれにも文句は言わせないよ」

道子の家にいる間、毎晩のように波乱に満ちた一年半に思いを馳せた。

一昨年の八月にピレオ村を脱出すると、ソ連軍の戦闘機と兵士に怯えながら、必死で樺太を縦断した。両親と一緒に第二新興丸に乗って北海道を目指したが、ソ連潜水艦の魚雷攻撃を受けて、船は大破した。この時両親は行方不明となったが、美和子は無傷で留萌に上陸すると、旭川に帰り着いて、翌年の五月に春絵を出産した。

〈ヤレック、雪子、両親は亡くなった。身近な人間が四人も死んだのに私は生き残った。どうしてなのだろうか〉

美和子だって、樺太では何度も死と隣り合わせになった。その上結核を患い一時は死を覚悟したが、死の部屋に移される前に助かった。

〈天が私を殺さなかったのは、私に何かの使命があるからだ〉

これに気がつくと、自分に与えられた使命について考えた。

〈死んだ四人は、私と春絵に自分の命を託したのだ。四人が預けた命を守ることが、私に与えられた使命に違いない。そのためには、私は生き抜き、春絵のそばにいて、娘の成長を見守らなければならない〉

最後に得たのはこんな結論だった。

こうして美和子は、春絵のいる札幌に引っ越すことを決心した。

第十八節　札幌

もう五月の二十七日になっていた。

先月から、新しい義務教育制度の「六・三制」が発足し、今月の三日には「日本国憲法」が施行された。いよいよ日本も、民主主義国家としての第一歩を踏み出した。

美和子は自室の窓を開けると、鼻をひくひくさせた。庭に植えられたライラックの花が初夏の匂いを届けてくれる。札幌市の郊外にある白石村に引っ越してきたのは、二日前のことだった。幸いなことに、教員宿舎に空室があった。

箪笥の上に置かれた父母の位牌に向かって合掌すると、早速報告した。

「お父さん、お母さん、病気はすっかり治ったので、安心してください。これからずっと春絵を見守りたいので、旭川から春絵のいる札幌に引っ越しました。やっと荷物が片付きました。私は来月から公立白石小学校の教壇に立ちます」

白石は今でこそ札幌市の区となっているが、当時はまだ札幌市に編入されず、独立した村をつくっていた。

白石村の小学校への配属を希望した時、教育委員会の職員から、しつこいくらいに何度も訊かれた。

「本当に、白石村の小学校でいいんですね？　藤田さんの場合、札幌市内の学校でも勤務できますよ」

「白石村でお願いします。札幌市内は希望しません」

美和子は改めて、はっきりと返事をした。六・三制が施行され、全国的に教員が不足していたので、教員の就職は売り手市場で、中途採用はもちろん、学期途中からの赴任でも歓迎された。

白石村の学校を希望したのには、大きな理由があった。

ベーカー夫妻と春絵は、進駐軍が駐屯するキャンプ・クロフォードの敷地内にある「ディペンダント・ハウス」という独立した住宅で暮らしている。キャンプに行くには、定山渓《じょうざんけい》鉄道の電車に乗って、真駒内駅で降りるのがもっとも便利だ。白石村には、この電車の始発駅があった。いつの日になるのかは分からないが、ベーカー夫妻の許しが出たら、電車に乗って春絵に会いに行くつもりだった。

翌日、夕食を終え、洗い物が済むと、美和子はベーカー夫妻に手紙を書き始めた。二人に手紙を書くのはこれが初めてだった。できるだけ早いうちに、こちらの覚悟を知らせなければならない。

親愛なるトマス・ベーカー様
親愛なる静子奥様

ご無沙汰しております。藤田美和子でございます。

昨年春絵を手放してからというもの、私は生きることをあきらめていました。

〈春絵がいないのなら、病気の治療なんかしないで、このまま死んでしまうほうがいい〉

心の中ではこんなことを思っていたのです。患者本人が治療に身を入れないので、病気は一向によくならず、悪くなる一方でした。

ところが今年の一月に、思いがけなくベーカー様から、ストレプトマイシンが送られてきました。おかげさまで、それから一か月で私の病気は完治し、白石村の小学校の教員に採用され、元気に暮らしております。

一度は死を覚悟した私にとっては、夢の中にいるような毎日です。このご恩は、藤田美和子、生涯忘れません。いいえ、あの世に行っても忘れません。本当にありがとうございました。

久保さんから伺ったのですが、ベーカー様は近く会社を興し、ゆくゆくは会社を春絵に継がせるお考えだそうですね。

そんな将来を約束された子供に、「この子は母子家庭の娘で、父親というのは、流刑囚から生まれたポーランド人だ」というレッテルが貼られると、それがどんな結果に繋がるのかは、火を見るよりも明らかです。

そこで私は、生涯自分が母親であることを春絵には明かすまい、と決心しました。将来何かの機会に、春絵と二人きりで会うことがあっても、絶対に話さないつもりです。

こうすることは、とても苦しく、つらいことであることは十分承知しております。しかし樺太で、空襲とソ連兵の恐怖にさらされ、何度も死にそうになった私は、そんな辛さに耐え抜く自信がございます。

私の願いは、わが子が幸せな人生を送ることです。春絵の父親のヤレックは、自分の命を犠牲にして、私と春絵を救ってくれました。そんな彼も、わが子の幸せを第一に考えることは間違いありません。

お二人様に、お願いがございます。

春絵が大きくなったら、「お父さんは春絵が生まれる前に死んで、お母さんは春絵を生んでから病気で死んだよ」と話してくださいませんか。

これは藤田美和子の一生のお願いでございます。どうか、くれぐれもよろしくお願いいたします。

かしこ

藤田美和子

書き終わった時、目の前にヤレックの顔が浮かび上がった。

「こうすることに決めたけど、ヤレックも賛成してくれるよね」

手に持ったロザリオを見つめながら話し掛けた。


それから一週間が経った日、学校から帰って宿舎の玄関に入ると、管理人から声を掛けられた。

「藤田先生、手紙が届いていますよ」

手紙の差出人はベーカーだった。急いで部屋に入ると、着替えもせずに立ったままで開封した。

親愛なる美和子様

ご病気が完治されて元気になられたとのこと、私たち二人も喜んでおります。

美和子様のご決意は、しっかりと承りました。

春絵が七歳になったら、「お前の本当の親は、二人とも、もうこの世にはいないよ」と伝えるつもりですから、どうかご安心ください。

日本では、「親が違うことを子供に教えるのは、大人になってからのほうがいい」という人が多いようですが、アメリカでは、子供が小学校に入るとすぐに教える人も、少なくありません。

美和子様が、自分が母親であることを絶対に名乗らない、と約束してくれるのであれば、貴女が春絵に会うことを止めるつもりはありません。これからもときどき、春絵の近況をお知らせすることにいたしますから、住所が変わった時は、必ず連絡くださるようにお願いいたします。

トマス・ベーカー

読み終わった瞬間、涙が溢れベーカーのサインが大きくなった。こんなに早く春絵と会うことを許されるなんて、予想外のことだった。

「春絵に会える。春絵に会える。……」

同じ言葉を何度も繰り返した。窓を開けて、道を歩く人間にも教えたくなった。

美和子が初めてキャンプ・クロフォードを訪れたのは、六月二十九日の昼過ぎだった。先週ベーカーから届いた手紙には「六月最後の日曜日に、真駒内のキャンプにいらしてください。残念ながら、軍関係者以外は中に入れないので、フェンス越しになりますが、春ちゃんの姿を見ることができます。

午後一時頃、敷地の東端にある公園で春絵を遊ばせるつもりです」と書かれていた。

進駐軍は広大な真駒内種畜場を接収すると、ここに司令部、兵舎、倉庫などを建設した。司令部の建物は、ワシントンにあるペンタゴンと呼ばれる国防総省と同じで、五角形をしている。この構造だと、どの部屋からも、一番遠い部屋に十分以内で行くことができるそうだ。

軍が造ったのはこれだけではなかった。牧草地をゴルフ場にすると、サイロを将校クラブに改築した。牛舎は改造されて、映画館と教会に変身した。キャンプの中には、売店、レストラン、幼稚園、小学校、公園、家族もちの軍人が暮らす住宅などもあり、フェンスで囲まれた「リトルアメリカ」ができあがった。

美和子は真駒内駅で電車を降りると、西に向かって歩き始めた。道路の両側にはニセアカシアやライラックの花が、今が盛りとばかりに咲き誇り、甘い香りを漂わせている。晴れ渡った空にカッコウの鳴き声が響き渡ると、夏の訪れを感じさせた。

キャンプの東端に着くと、金網に手を掛けて中の様子をうかがった。広い道路が碁盤目状に走り、レンガ造りの兵舎が何十棟も並んでいる。その向こうに、三角屋根をもった教会らしい建物があり、白い壁が青い屋根とよいコントラストをつくっている。目の前にある公園には、滑り台やブランコなどの遊具を備えた遊び場があり、その周囲は芝生で囲まれ、花壇にはハマナスとスズランが植えられていた。

幼児を抱いた男が歩いてくると、こちらに向かって手を振った。

美和子は男に向かって、頭を下げた。一歳一か月になる春絵を抱いたベーカーだった。彼はフェンスから離れたところで立ち止まると、春絵を芝生の上にそっと下ろした。

春絵は金色の髪にピンクのリボンを結び、白いブラウスに水色のスカートという格好だった。

美和子は手紙で、「春絵に会う時は、フェンス際ではなく、離れたところからにしてくださるようにお願いいいたします」と頼んであった。すぐ近くで、わが子に会う自信がなかったからだ。

春絵はとっくに母親の顔を忘れてしまい、美和子を見ても、何の反応も示さないかもしれない。それとも、しっかり覚えていてくれて、こちらに両手を差し出し、抱っこをせがむかもしれない。どちらの場合でも、美和子が取り乱すことは確実で、こんな事態になることを恐れていた。

ベーカーと会うのは初めてだった。久保から聞いた話では今年で三十三歳になるはずだが、栗色の髪をきちんと分けて、メガネをかけた知的な感じの男だから、年齢より五歳くらい年上に見えた。彼は上着のポケットからテニスボールを取り出すと、春絵の前に転がした。

春絵はボールを追って、ちょこちょこと歩きだした。ボールを拾うと、ぎこちない手付きでベーカーに手渡した。彼がボールをお手玉のように両手で扱うと、春絵は体を揺らせて笑い声を上げた。

〈笑った。歩いた。春絵が立って、上手に歩いている。よくもここまで、無事に大きくなったものだ〉

成長したわが子を見ると、うれし涙が溢れてきた。

しかしつぎの瞬間、悲しみの涙が、うれし涙に取って代わった。

〈わが子を目の前にしているのに、抱き上げることはもちろん、呼び掛けることも許されないのだ。こんな残酷なことがほかにあるだろうか〉

美和子は春絵から決して目を逸らさなかった。わが子に対する深い愛情を、精いっぱいの視線に込めて、光の言葉で送り続けた。

「春絵、こっちを見て。あんたを産んだお母さんはここにいるよ。世界中で一番あんたを愛しているのは、この私だよ」

ベーカーの手前、絶対に泣くまいと必死になってこらえていた。ときどき目を瞑り、頭を左右に振って、出そうになる涙を目の奥に戻していた。しかし最後には、悲しみの池は満杯になり、溢れた涙が理性の堤を乗り越えた。

美和子は金網にすがりつくと、声を殺して落涙した。金網のフェンスは工具を使えば破れるが、ベーカーと交わした約束のフェンスは絶対に破ることはできなかった。


夜になって冷静になると、昼間フェンスの前で泣いたことを反省した。

〈いくら泣き喚いても、春絵は戻ってこない。自分も惨めになるだけだ。本当なら、結核になった時、私は死んでいた。春絵を見て、涙を流せるのは、生きている証じゃないか〉

死んだ四人のことを考えたら、自分が生きていることを喜ばなければ罰が当たる。

〈春絵を手放したけど、自分は助かった。久保さんが言っていたように、不幸の後に幸せが来たのだ〉

こんな風に割り切ることにした。

「私は、世界でたった一人しかいない春絵の母親だ。春絵がよその娘になっても、だれにも負けないくらい、あの子を愛し、見守ることができる」

声に出して自分に言い聞かせると、気持ちがだいぶ落ち着いた。

この年は、雪が降るまでの間、晴れた日曜日には毎週のようにキャンプを訪れた。ベーカーと打ち合わせをしていないから、毎回春絵に会えるとは限らない。しかし美和子は、春絵に会えなくても十分幸せだった。娘と同じ空気を吸い、同じ景色を眺め、同じ鳥の声を聞くだけで満足だった。

それから二年余りが過ぎて、昭和二十四年になった。

この年の十一月三日には、敗戦で暗く沈んでいた日本国民に、「湯川秀樹、日本人初のノーベル物理学賞受賞」という朗報が飛び込んだ。

その熱気が冷めやらない二日後のことだった。

管理人が慌しく美和子の部屋に来ると、息せき切って知らせてくれた。

「旭川の竹内道子さんという方からお電話です」

美和子は急いで管理人室に行くと、受話器を耳に当てた。

「美和ちゃん、久保さんが亡くなったんだよ。狭心症の発作だってさ」

電話の声を聞いた瞬間、管理人室からすべての色彩が消え、壁が自分に向かって倒れてきた。

「分かりました。これからすぐにそちらに向かいます」

これだけ言うのがやっとだった。

驚きが悲しみに勝り、すぐに涙が出てこなかった。大泣きしたのは、部屋に戻って、彼からもらったミシンを見た時だった。

こともあろうに、大恩人の久保が死んだのだ。彼は美和子を実の娘と同じに愛し、春絵のことも孫として世話してくれた。宿無しになった春絵を、自分の家に置いてくれただけではない。出産費ばかりか、日赤病院の入院費も払ってくれた。教員になってから、年に二回少しずつ返していたが、まだ三分の一も残っている。久保が言っていた「私が先に死んでしまうから、返す心配はしなくてもいいと思うよ」という冗談が、悲しいことに現実になった。

その日は土曜日だったから、美和子はすぐに最終列車で旭川に向かった。久保には兄弟や子供もいないので、美和子と道子が連名で喪主を務めた。

葬儀が終わると、学校に連絡して月曜日を休暇にしてもらい、彼の遺骨を妻の房江が眠る墓に納めた。

久保の家で道子と一緒に片付けものをしていたら、弁護士がやって来て、白い封筒を届けてくれた。

「この中に、久保さんの遺言状が入っています。遺産はすべて藤田美和子さんに相続させるそうです」

弁護士の言葉は信じられないものだった。

美和子は封筒を受け取ると、中を開けずに、そのまま道子に差し出した。

「私が久保さんに遺産を遺すのなら分かるけど、これはあべこべです。私は受け取れませんから、全部おばさんが受け取ってください」

「それはだめだよ。久保さんの気持ちを汲んでやりな」

それでも美和子は頭を左右に振って、承諾しなかった。

道子が急に真顔になった。

「私ね、久保さんに口止めされていたことがあるんだ。だけど、もう話してもいいと思うから教えるね」

ここで一息つくと、話し出した。

「美和子は娘の生まれ変わりだ。……美和ちゃんがこの家に来た時、久保さんはこんなことを言って喜んでいたよ。実はね、久保さんと房江さんには娘がいたんだ。だけど未熟児だったから病気になって、誕生日が来る前に死んでしまったんだよ。生きていたら、ちょうど美和ちゃんと同じくらいの歳になっていた。だからさ、久保さんの言うとおりにしてあげなよ」

こうまで言われても、美和子は首を縦には振らなかった。母子二人を世話してくれただけも十分すぎるのに、その上遺産までもらうことはどうしてもできなかった。

それからしばらく押し問答が続いたが、三十分も経った頃、ようやく結論が出た。それは「久保の家と土地を売り払って、その金を、彼の預貯金や蔵書と一緒に旭川市立図書館へ寄付する」というものだった。彼が働いていた下村文庫は二年前に役目を終え、一万冊の蔵書を、できたばかりの市立図書館へ寄贈していた。

「これなら、本好きの久保さんも反対しませんよね」

「美和ちゃんがやることなら、久保さんは大喜びするさ」

二人は口々に言うと、安堵の息を吐き出した。

第十九節　海より深く

年月が流れ、昭和二十八年の三月を迎えた。

今月五日にソ連のスターリンが死去すると、株価が暴落した。昭和二十五年に勃発した朝鮮戦争による特需のおかげで、日本の株式市場はバブルに沸いていた。ソ連の最高指導者が死んだことで、「朝鮮戦争が早期に終結し、戦争特需も終わる」との予測から、いわゆる「スターリン暴落」を招いたのだ。

〈スターリンがもう八年早く死んでいたら、ソ連軍が樺太に侵攻することもなかったから、ヤレック、雪子、両親の四人は死なずに済んだのだ〉

美和子はこの新聞記事を目にすると、涙ぐんだ。


それから一か月が過ぎた四月の朝、美和子は山鼻小学校の体育館で入学式に臨んでいた。もうすぐ新入生が入ってくるから、入り口のほうが気になって仕方がなかった。春絵のいるクラスは三組だ。残念なことに、美和子は二年五組の担任だった。

美和子が山鼻小学校に転勤したのは、去年四月のことだった。三年前に軍を退役したベーカーは、藻岩山の麓にある洋館を買い取ると、ここに移り住んだ。このことを手紙で知らされると、白石小学校の校長に、山鼻小学校への希望転勤を願い出た。春絵の新しい住所は、山鼻小学校の学区に入っていた。

翌年の転勤は叶わなかったが、昨年四月からの転勤が認められた。美和子は白石小学校の教員宿舎を出ると、ベーカー家と同じ町内にある民間アパートの「アカシア荘」に引っ越した。

晴れた日曜日には、ベーカー一家は庭にあるテーブルを囲んで、楽しそうに昼食をとっていた。食事が済むと、夫妻は家の中に入るが、春絵だけが庭に残ることが多かった。この時をめがけて、ベーカー家の前を通ると、生垣の向こうに庭で遊ぶ娘の姿を見ることができる。しかし今年からは、平日でも学校に行きさえすれば、春絵に会うことができるのだ。心の底から、教員の資格を持っていることを喜んだ。

いよいよ新入生の入場が始まった。一組、二組が入り、ついに三組が入ってきた。春絵は背が高いから、列の一番後ろを歩いている。金髪の頭だけでも目立つのに、ほかの児童より頭一つくらい大柄だから、遠くからでも一目で分かる。セーラー服を着て、白いスカーフを蝶の形にして結わえ、元気よく両手を振っている。

〈ヤレックが見たら大喜びしたのに〉

樺太のことを思い出すと、涙が溢れて、児童たちの顔がおぼろになった。ハンカチを目に当てていたら、隣に座っていた音楽の教師が不思議そうな目を向けた。

それから一年経って、昭和二十九年の四月になった。

この年は美和子にとって、生涯忘れがたい一年になった。春絵のいる二年一組の担任になったからだ。これから一年間は、一日中娘の顔を見ることができる。去年と比べると、学校に行く楽しみは天と地くらいの差があった。

この学校では、音楽と図画工作だけは専任の教師が教えるが、このほかの教科は、すべて担任が教えなければばならない。もたもたしている先生の姿を、娘に見せるわけにはいかないから、授業の準備にも力が入った。学校の中では、美和子は母親と教師の二役を演じていた。ホームルームの時間は母親の心で娘を見守り、授業の時は教師に徹していた。

音楽を教えている女性教師の娘も、この学校に通っている。その教師は、美和子に苦労話を打ち明けた。

「娘がいる組を教える時は面倒だよ。ほかの児童は私と娘の関係を知っているから、いつも興味津々の目で見ている。できるだけ、娘に当てないようにしているけど、これも度が過ぎると、不自然に見えてしまうから、やりにくいよ」

美和子の場合、ほかの児童は二人の関係を知らないから、音楽の教師に比べると気が楽だった。それでも、春絵に当てた時は、どきどきしながら答えを待っていた。家庭環境がよすぎるのか、養父母の話し方の影響を受けているのか、どちらかは分からないが、春絵の話し方はのんびりしている。娘の口から、答えが出てくるのを、いらいらしながら待っていた。

十一月には、ヤレックが生きていたら、感激のあまり泣き出したであろう出来事があった。春絵の描いた絵が全国児童画展で文部大臣賞を受けたのだ。夏休みに、自宅のベランダで描いた藻岩山のスケッチだった。図画工作の教師から「二年一組のベーカーさんの絵を、本校推薦として東京に送りました」との連絡を九月に受けていたのだが、まさか最高の賞をとるとは思わなかった。

年が明けて、昭和三十年の二月初旬を迎えた。あとひと月あまりで、春絵は三年生に進級する。

美和子は職員室で、あくびをかみ殺しながら立ち上がった。時刻は二時を回ったところだ。季節はずれの陽気になって、居眠りしそうなくらいに暖かい。ときどき南側の屋根から雪の落ちる音が聞こえてくる。窓から外を見ると、雲ひとつなく晴れわたり、陽光が降り注いでいた。

今日は土曜日だから、授業は午前中で終わり、学校は静まり返っている。ほかの教師は、明日開催の「札幌市教職員研究大会」の会場設営に駆り出されて、中島スポーツセンターに行っていた。彼女だけが学校に残り、大会で使うポスター、案内表示、プログラムを書いていた。

プログラムを書いていた時、机上の電話が鳴った。

美和子は筆を置くと、受話器をとって耳に当てた。

「ベーカー・春絵の母親でございます。娘がいつもお世話になっております」

電話を掛けてきたのは、静子だった。

美和子の胸に不安の霧が立ち込めた。

「担任の藤田です。春絵さんに、何かあったのですか？」

二人は、学校では実母と養母の関係を封印して、教師と保護者で通している。

「藤田先生、春絵はまだ学校にいるのでしょうか。いつもの土曜日ならとっくに帰る時間なのに、まだ帰っていないんです」

受話器からは、切羽詰った声が聞こえてきた。かなり動揺しているらしく、声が震えている。

〈交通事故、誘拐、急病〉

美和子の頭の中で、忌まわしい文字が躍り狂った。

気を引き締めると、受話器を持つ手に力を込めた。

「春絵さんは、一時半過ぎに学校を出ましたよ。私が教室を見回りに行ったら、一人だけ残って、クラスで飼っている金魚をスケッチしていました。絵を描くのに夢中で、時計を見なかったようです。早く帰りなさいと言うと、すぐに帰りました。私が玄関まで行って見送りましたから、間違いありません」

「そうですか。……本屋さんにでも寄っているのでしょうか。あの子、本を読むと夢中になって、何時間でも読んでいるので、困ります。あと一時間くらい待って、それでも帰らなければ警察に相談します」

静子はこう言って電話を終えた。

電話を切ったあと、美和子は考え始めた。

〈また教室に戻って、絵の続きを描いているのかもしれない〉

その可能性は低いだろうとは思ったが、念のために見に行くことにした。

教室の中を調べても、春絵はいなかった。

職員室に戻ろうとした時、何気なく窓の外に目を向けた。

体育館の屋根から大量の雪が落ち、軒下に雪の山ができていた。

〈もしかしたら……〉

恐れが電流になって背筋を走ると、踵まで突っ走った。

美和子は教室を飛び出すと、玄関を出て、体育館に向かった。除雪された道路を横切ると、雪の中に足を踏み入れ、一直線に突き進んだ。ズボンの裾が濡れ、運動靴に雪が入り込んだが、そんなことにかまっている暇はなかった。

体育館の軒下まで来ると、雪山の前で立ち止まった。

荒い息を吐きながら、辺りを見ると、雪の中に点々とブーツの足跡が続き、雪山の中に消えている。帰るのが遅くなったので、春絵は除雪された道路を通らず、近道を行こうとしたらしい。

美和子は雪山に体を投げ出すと、必死で雪を掻き分け始めた。足跡が消えた辺りから始め、体育館の壁に沿って掘り進んだが、春絵は見つからなかった。もう一度初めの位置に戻ると、一段深く雪を掘り返した。

真ん中辺りまで来た時、雪を通して赤いランドセルが見えた。

「うわー、ひどい。かわいそー」

美和子は絶叫した。

両手の指を思い切り雪に突き刺すと、必死になって掘り返した。指先の皮膚が破れて血が出てくると、辺り一面が、かき氷に赤いシロップをかけたようになった。雪の冷たさに、手がかじかんできたが、構わず掘り続けた。

ようやく春絵の体が現れた。

慌てて抱き起こしたが、目を瞑ったままだった。冷たくなった頬を何度も叩いてみたが、目は開かなかった。

美和子は春絵を抱きかかえると、雪の中をつんのめりながら玄関に走り込んだ。宿直室に飛び込むと、石油ストーブを点火して、油量目盛りを最大にした。春絵を毛布の上に寝かせると、コートを脱がせ、両手で胸を押しながら、心臓マッサージを始めた。

それでも春絵は目を開けなかった。

「春絵、息をして」

春絵の口に自分の口を当てると、母親の愛を酸素に変えて吹き込んだ。

しかし春絵は息をしなかった。すっかり冷え切った顔は蒼白になり、金髪頭の雪像と化していた。

美和子はやにわにセーターを脱ぐと、肌着もブラジャーもかなぐり捨てた。春絵の上半身も裸にすると、自分の胸に抱き締めた。ストーブに近寄ると、春絵を抱いたまま、頭から毛布を引っかぶった。

宿直室が狭まってくると、母子寮の六畳間に変わり、目の前にミシンが現れた。

美和子にとって、今日という日は九年前の続きだった。誰にも気兼ねはいらなかった。春絵の体に、力いっぱい乳房を押し付けると、両手でわが子を抱き締めて、背中を強くさすり始めた。

「春絵、あんたのお母さんだよ。目を開けて」

耳元で言いながら、娘の体を必死になって暖めた。

「熱くなれ、熱くなれ、熱くなれ」

胸いっぱいに溜め込んだ母の愛を、熱に変えて放射した。

「春絵、みんなの分も生き抜いて」

自分の唇を、わが子の唇に押し当てると、戦火に散った四人の命を吹き込んだ。

〈春絵を死なせたら、ヤレックは私を天国に迎えてくれない〉

どちらか一人が死ななければならないのなら、自分を選んでほしかった。


それからどれくらいの時間が経っただろうか。

美和子の胸の上で、春絵の体が微かに動いた。

美和子は「生きていたー」と叫ぶと、春絵の顔に目を向けた。

頬に赤みが差して、唇から息が漏れている。

母の涙が金色の睫毛に落ちると、鍵になって、娘のまぶたをこじ開けた。

紫水晶の瞳は初めふわふわと動いていたが、すぐに焦点を固定した。

「ふじた、せん、せい」

途切れ途切れに呟くと、不思議そうに辺りを見回した。

美和子は泣きながら、春絵を強く抱き締めた。

〈ヤレック、雪ちゃん、お父さん、お母さん、命をありがとう〉

目に見えているのは、母親に抱かれた娘の顔だけだ。胸に感じるのは、長い間渇望していたわが子のぬくもりだけだった。

第二十節　通訳

それからひと月余りが過ぎて、四月になった。

美和子には転勤の通知がなく、これからの一年間も山鼻小学校の教壇に立つことになった。三年生を受け持つことになったが、残念なことに担任は持ち上がりではなく、新しく受け持つクラスも、春絵のいるクラスではなかった。

教師も児童も人間だから、必然的に相性のよしあしがある。持ち上がり制をとると、最悪の場合、教師と児童が二年間も、相性の悪いまま学校生活を送らなければならない。こんな事態を避けるために、この小学校では担任が持ち上がることはなく、どの学年でも毎年クラス替えが行われていた。

札幌の街中がライラックの甘い香りに包まれている六月二日のことだった。

朝刊の第一面に「ロンドンで日ソ交渉開始」という見出しが躍っていた。十年間にわたって国交が断絶していた両国にも、ようやく雪解けの気配が漂ってきた。

翌日の夜、美和子は知らない男から電話を受けた。

「私は山鼻小学校に勤めている橘の友人で、岩田と申します」

橘というのは、春絵のいるクラスを担当している男性教師のことだ。

「藤田美和子でございます。橘先生には大変お世話になっています」

美和子が名乗ると、岩田は安心したように話し出した。

「藤田先生、突然のお電話をお許しください。私は、ソ連や東欧の出版物を扱う書店をやっています。今夜は折り入ってご相談したいことがありますが、お時間はよろしいでしょうか？」

「結構ですよ。どうぞお話しください」

美和子は話の先を促した。ソ連の出版物を扱う書店の経営者と聞くと、興味が湧いた。


岩田は北海道大学の前にある「ナウカ書店」の店主だった。

日ソ交渉も始まり、この一、二年で日本とソ連の国交が正常化されるのも確実だ。こんな時勢を見据えて、七月一日付けで北海道大学に、「北大附属スラブ研究室」が設立されることになった。

当日の夜、札幌グランドホテルで、設立記念の祝賀会が開かれる予定だ。北大や他大学の教員だけでなく、両国の財界人も多数出席する。日本側の出席者については、大学関係者はロシア語を話せるからいいのだが、財界人のほとんどはロシア語を話せない。


彼はこんな事情を話すと、ようやく用件を切り出した。

「橘から聞いたのですが、藤田先生はロシア語の読み書きはもちろん、会話も大変お上手だそうですね。主催者の北大教授からも、そんな人がいるのなら、当日はぜひとも連れてきてほしい、と頼まれました。どうか祝賀会の席で、通訳を引き受けていただけないでしょうか」

「出席する財界人というのは、どのような人たちでしょうか」

「ほとんどは、日本とソ連の商社や貿易会社の人間です。日本側からは、札幌の商社マンが多いのですが、東京や大阪からも何人かが出席するそうです」

二人の間で、こんなやり取りがあった。

彼女は少し考えたあとで返事をした。

「私でよければ通訳をやらせていただきます。こんどの日曜日にそちらの書店に伺いますから、その時詳しい話をお聞かせください」

橘には、春絵が一年間世話になるから、彼の顔も立てることにした。

「あー、よかったー。日曜日は、お待ちしていますので、よろしくお願いいたします」

岩田の嬉しそうな声を最後に、電話は終わった。


七月一日の夜、美和子は祝賀会から帰ると、机の前に腰を下ろして考え込んでいた。机の上には名刺と新聞が置いてある。名刺にはイリヤ・デニソフという名前が記され、新聞はソ連で発行された「沿海州便り」というロシア語新聞だった。

彼女は手に取った名刺を見ながら、今夜のことを思い返した。


祝賀会は予想外に盛況で、日ソ両国から合わせて百人以上もの参加者があった。ロシア語を話せる北大教授が司会を務め、数人がステージに上がって祝辞を述べた。祝辞は用意された原稿を読み上げるものだったから、美和子の出番はなく、参加者には前もって、日本語とロシア語の翻訳が配られていた。

美和子が大活躍したのは、そのあとで催されたパーティーの席だった。日本とソ連の財界人同士の会話には、日本の大学関係者が通訳を務めた。しかし宴もたけなわになると、いくつもの人の輪ができたから、通訳が足りなくなって、司会役の教授が、ついに美和子に声を掛けた。ほかの人間は、壁際に立っていた彼女を見て、通訳ではなくコンパニオンだと思っていた。

宴がお開きになった時、一人のロシア人が美和子のそばに来ると、「あなたのロシア語はすばらしいです」とほめてくれた。

この男がデニソフだった。歳は三十五くらいに見え、よく手入れされた口ひげを蓄え、目の色はヤレックと同じだったが、髪の色は黒に近かった。

彼は美和子に頭を下げた。

「あなたにお願いがあります。よろしかったら、一階に下りてお茶を飲みながら、お話ししませんか」

それから二人は一階に下りると、ロビーの奥にある喫茶店に向かった。

ウエイターにコーヒーを頼むと、デニソフは目をきらめかせて話し始めた。

「来年には、日本とソ連の間で、漁業条約と国交回復共同宣言が締結されます。そうなると、両国間の経済交流が盛んになります。極東の港で、現在外国に開放されているのはナホトカ港だけです。日本で一番この港に近いのは、北海道の小樽港なんですよ。私は札幌で貿易会社を立ち上げ、ここを日本とソ連を結ぶ貿易拠点にするつもりです。私の父はナホトカで、ナホトカ商事という貿易会社を経営していますから、彼にも協力してもらいます」

当時ウラジオストック港はソ連太平洋艦隊の母港として使われていたので、外国船は入港できなかった。この港に代わって、ナホトカ港がソ連の極東貿易の拠点港になっていた。

美和子は彼の話に興味を抱いた。

「ソ連からはどんなものを北海道に運ぶんですか?」

「水産物や北洋材を運びます」

北洋材というのは、ロシアの沿海州やシベリア地方で産出される木材のことだ。アカマツ、エゾマツ、カラマツなどの針葉樹からなり、製材、合板、製紙の原料材として利用される。

「それで、私にお願いというのは、どんなことでしょうか」

「札幌の会社には、日本人だけではなくロシア人のスタッフも置く予定です。藤田さんには、日本人とロシア人を束ねる紐になっていただきたいのです。貴女の経歴はナウカ書店の岩田さんから聞いています。給与は今のお仕事の二倍は払うつもりです」

美和子には予想外の話だった。てっきり、日本とソ連が共催する会合の通訳を依頼されるのだと思っていた。

デニソフは両膝に手を当てて深々と頭を下げた。顔を上げると、美和子の目をじっと見つめた。

「これまで私たちは、露スケと呼ばれて嫌われていましたが、これからは日本人と兄弟になりたいと思っています。ぜひとも、私の会社に入って、日本とソ連の架け橋になってください」

少年を思わせる無垢な目に、真冬にきらめく星の光が宿っている。ヤレックが「日本語の本を読んで、もっと日本について知りたい。だから僕は、日本語を話せるようになりたいんだ」と言った時と同じ目だった。

デニソフは別れ際に、自分の名刺とソ連の新聞を差し出した。

「私は一週間くらい、このホテルに滞在して、会社の事務所を置く貸しビルを見てまわります。入社する決心がついたら、電話でお知らせください。名刺の裏に私の部屋番号を書いておきました。この新聞には、ナホトカとウラジオストックの産業や沿海州の特産品に関する特集記事が載っています。読んでいただけるとありがたいです」

それから美和子は、デニソフに見送られてロビーを後にした。

戦後の日本は輸入を厳しく制限してきた。その理由は二つあって、一つは絶対的な外貨不足によるもので、もう一つは日本の産業を厳しい国際競争から守り、国内産業の育成を図るためだった。

昭和三十年代に入ると、日本経済は新たな展開に突入し、「神武景気」を迎え、日本の景気は上昇し続けた。当時発表された「経済白書」には「もはや戦後ではない」と記されていた。さらに「関税貿易一般協定」に加入し、国際連合にも加盟すると、日本は国際社会に復帰した。

輸出が増大し、外貨が貯まってくると、貿易の自由化を求める声は次第に高まってきた。政府は諸外国との貿易を伸展させるために、商社も貿易に参加するように促した。昭和三十年にソ連から初めて北洋材が輸入されると、ついで水産物の輸入も始まった。

こんな時代背景を考えると、デニソフの決断は時宜を得たものだといえる。

美和子は手に持った名刺を机に戻すと、深いため息をついた。もう一時間以上も悩んでいた。

デニソフの人柄には好感を抱いたし、彼の熱意も十分に伝わってきたが、ロシア人の会社で働くことには抵抗があった。ヤレック、雪子、両親の命を奪ったのは、ほかならぬデニソフの母国であるソ連の軍隊なのだ。生き残ったものが、ロシア人の会社から得た給料で暮らすなんて、死んだ四人に対して申し訳が立たない。

しばらく経つと、春絵の写真に目を向けた。小学校の入学記念に写したもので、ベーカーから送られてきた。

美和子が望んでいたのは、春絵が卒業するまで山鼻小学校で教壇に立ち、毎日娘の顔を見て暮らすことだ。しかしこの学校には、「三年ルール」という制度がある。

「いくら転勤を拒否しても、ふつうは三年が限度だよ。藤田先生はルール破りで、今年で四年間もこの学校に勤めることになるから、来年は間違いなく転勤になるよ」

ひと月ほど前に、同僚の教師が教えてくれた。

美和子は考え始めた。

〈来年から春絵のいない学校に転勤になるのなら、教師を続ける意味がない。それよりも、デニソフの会社に入れば、そのうちベーカー商会と関わりもできて、春絵に会う機会があるかもしれない。春絵を見守ることを第一に考えるのなら、教師を続けるよりも、デニソフの会社に入るほうが絶対にいい〉

こんな風に結論すると、口に出して自分を納得させた。

「私が敢えてロシア人の会社で働くのは、ソ連のためではなく、これからもずっと春絵を見守るためだ」

こうして彼女は、デニソフの会社に入ろうと決心した。

「私は来年、小学校の先生を辞めて、会社に入り、ロシア語の通訳をすることに決めたよ。だけど、春絵のことは、ずっと見守るから安心してね。私が住んでいるのは、春絵の家と同じ町内だよ」

ロザリオの数珠を手繰りながら、ヤレックに報告した。


年が明けて、昭和三十一年を迎えた。

一月末に、イタリアのコルチナ・ダンペッツォで開催された第七回冬季五輪で、猪谷千春《いがやちはる》がスキー回転で銀メダルを獲得した。このメダルは、冬季五輪で日本代表選手が獲得した初めてのメダルとなった。

その興奮が冷めやらない二月初旬の放課後、美和子は職員室でテストの採点をやっていた。彼女の教師生活も、残すところ、あと一か月余りになった。

しばらく経って、人の気配を感じて顔を上げたら、春絵が立っていた。いつ職員室に入ってきたのか、まったく気づかなかった。

美和子と目が合うと、春絵が訊いた。

「藤田先生は学校を辞めても、これからもずっと今のアパートに住むんですか？」

春絵はもうすぐ四年生になるから、口の利き方が少し大人っぽくなった。美和子が今年度限りで教員を辞めることは、生徒のほとんどは知っている。

美和子は採点途中の答案用紙を伏せてから、春絵のほうに向き直った。

「そのつもりだよ。……だけど、どうしてそんなことを訊くの？」

「わたし、今年の秋にアメリカに引っ越すんです。お父さん、お仕事をやめるの」

「えー、そんなこと誰が言ったの？」

美和子は驚いて大声を上げた。ほかの教員が一斉にこちらを見た。

「お母さんが言ったの」

春絵の言葉を聞いた時、美和子の顔から血が引くと、両腕にふつふつと鳥肌が立った。

「それ、本当の話なの？」

「本当です。だけど、アメリカに行っても、アカシア荘に手紙を出しますから、返事をくださいね」

春絵はこれだけ言うと、ぴょこんと頭を下げてから、職員室を出ていった。

春絵が日本からいなくなるなんて、想定外のことだった。ベーカーからも、そんな話は一度も聞いていない。しかし静子が言ったのなら、現実味のある話に違いない。恐らくベーカーは現在迷っている段階で、はっきり決まったら、手紙で知らせるつもりでいるのだろう。

職員室の壁がぐるぐると回り始め、採点の続きができなくなった。急いで答案用紙をまとめると、バッグに入れて、隣の教師に「急用を思い出したので、お先に失礼します」と声を掛けた。

美和子は学校を出ると、すぐに公衆電話のボックスに飛び込んだ。震える指でダイヤルを回すと、デニソフの会社に電話を掛けた。彼が立ち上げた「デニソフ通商」は、先月の十日から業務を始めていた。

デニソフが電話に出ると、彼女はせっつく口調で訊ねた。

「ベーカー商会は倒産しそうなんですか？　知っていたら詳しく教えてください」

「同業者の間でも、そんな話が出ていますね」

そのあと彼は、詳しいことを話してくれた。


ベーカー商会は主にアメリカからの輸入品を扱っている。しかしこれまでは、日本政府の厳しい輸入制限の影響を受けて、主力商品である大型冷蔵庫などの家電品、車や農機具などの工業製品を、思うように輸入できなかった。

輸入できたとしても、札幌に運ばれるまで、いくつもの会社を経由する。荷揚げ港は本州だから、陸送運賃も馬鹿にならない。そのため予想外に経費が掛かり、売り上げの利益も上がらず、赤字が続いている。


デニソフはこんなことを話したあと、「今年の夏を乗り切れるかどうか、怪しい状況だそうですよ」と言って電話を終えた。


その夜美和子は、ベッドに入っても一睡もできなかった。いつもなら遠くから聞こえる車の音も、今夜ばかりは耳元で聞こえている。眠りを妨げているのは、昼間聞いた春絵の言葉だった。

悩みに悩んだ末に、〈春絵を見守るためなら、ロシア人の会社で働くのもやむをえない〉と、デニソフ通商への入社を決心したのは今から半年前のことだった。それなのに、肝心の春絵が日本からいなくなるのでは、話にならない。

〈何とかして、春絵を日本に留め置く方法はないものか〉

手っ取り早いのは、ベーカーが引っ越さずに、ほかの仕事に就くことだった。若い講師を雇って英会話スクールを経営するのも一つの方法だ。先月札幌にも、海外旅行を斡旋する旅行代理店が開店した。その店と組んで、旅行者向けの英会話を教えると、結構な数の受講者が集まるはずだ。別の案としては、ベーカーがアメリカ相手の貿易会社に入社して、通訳として働くという手もある。

本音を言えば、明日すぐにでもベーカーに会って、日本に残るように説得したかった。しかし相手が、自分より年上で、しかも命の恩人とあっては、こんな無礼で差し出がましいことを言えるはずはなかった。

カーテン越しに朝の薄明かりを見た時、ついに美和子は決心した。

〈私の力で、ベーカー商会を立て直してやる〉

胸の中で、じょっぱりお雛さまの炎がむらむらと燃え上がった。

〈まかり間違えば、樺太で死んでいたかもしれないのだ。人間、死んだ気になれば、できないことは何もない〉

美和子は布団から片手を出すと、こぶしをつくって、力強く振り下ろした。

「春絵をアメリカには行かせるものか。絶対に行かせないぞ」

薄闇の中で、目を大きく開くと、不退転の決意で断言した。

第二十一節　デニソフ通商

四月になると、かねての予定通り、美和子はデニソフ通商に入社した。

この会社は、日本とソ連の商社の間に入り、輸出入に必要な申請書の作成、船舶の手配などを主な業務にしている。彼女はデニソフと相談した結果、通訳として働くだけでなく、社長を助ける秘書役も兼ねることになった。

会社が入っているビルは、ナウカ書店から一丁離れた北十二条にあり、電車通りに面している。このビルへは、美和子のアパートから電車一本で行けるので、とても便利だった。途中三越前で降りると、ベーカー商会へ寄ることもできる。

入社した翌日、美和子は早々とベーカー商会を訪れた。ベーカーに会うと、入社の挨拶もそこそこに、ソ連からの輸入品を扱うように強く勧めた。

「ナホトカからの積荷を、小樽で荷揚げして札幌まで運べば、陸送運賃は四十キロ分で済みます。道内各地には、これまで築き上げたベーカー商会の物流網を使って運ぶとよろしいでしょう。このやり方だと、会社の利益が格段に上がることは間違いないです。北海道とソ連の沿海州は気候が似ていますから、北洋材も水産物も、種類や品質などは北海道産と変わりません。だから北海道の会社は抵抗なく買うはずです。道内企業を相手にするのなら、これからは日ソ貿易に照準を合わせるほうがよいと思います」

ベーカーは途中一度も口を挟まず、美和子の提案に耳を傾けていた。

話が終わると、彼は納得したように大きく頷いた。けれども、一瞬不安そうな目つきになった。

「でも、うちの会社がソ連の輸入品を扱うのは初めてですよ。買ってくれる会社はあるでしょうか？」

現在の取引先で、北洋材や水産物に縁のありそうな会社はなかった。

しかし美和子には、自信があった。

「買い手は私が探しますから、ご心配なく」

ベーカーの懸念を、はっきりした口調で払拭した。

新たな販路を開拓する時、頼りになるのは、なんといっても人脈だ。北海道に住み始めたばかりのデニソフはもちろん、ベーカーにも、めぼしい人脈はないから、ここは美和子が一肌脱がなければならない。

彼女は四月から五月にかけて、道内各地へ足を運ぶことにした。会社向けには、顧客開拓のための出張だが、美和子にとっては、わが子がアメリカに行くのを阻止するために、背水の陣で臨む戦いだった。

その翌日は一日かけて、北洋材の資料作りをすることにした。ナホトカ商事から送られたロシア語パンフレットには、水産物関連の情報は豊富に記載されていたが、北洋材に関する記述は少ししか載っていなかった。これを商談で使っても、相手が買う気を起こすかどうか、はなはだ疑問だった。

北海道大学は前身が札幌農学校だから、農業を始めとして林産業や林業関連の文献が豊富に揃っている。北大附属図書館は会社のすぐ向かいにあったが、この図書館は学外者の利用を認めていなかった。そこで、スラブ研究室の教授に頼み込んで、彼の口利きで入館許可を出してもらった。

その日美和子は、午前から夕方まで、昼食抜きで図書館に篭りきりだった。仕事は順調に進み、知りたかった情報を、閉館前にすべて入手することができた。当時はコピー機などという便利な道具がなかったので、必要なところをすべて手書きで写し取った。途中で万年筆を持つ手がしびれてきたが、ペン先の向こうに見える春絵の顔が、彼女に手を止めさせなかった。


それから二日経った日の朝、美和子が真っ先に向かったのは、留萌に上陸した時世話になった山下家だった。デニソフ通商に入社することは、先月出した手紙で知らせていた。今年もらった年賀状で知ったのだが、あの時留萌町役場の地域振興部に勤めていた山下民雄は、昨年から留萌市長を務めている。留萌町は昭和二十二年から留萌市になっていた。市の主要産業が水産加工業と木材加工業だから、今回のターゲットとしては最適な市だった。

山下夫妻は玄関先で、満面に笑みを浮かべて迎えてくれた。美和子は実家に里帰りした錯覚を覚えた。

居間に通され、腰を下ろすと早速照子が教えてくれた。

「美和子さん、息子は結婚して、二人の子供がいるんですよ。拓銀の留萌支店に転勤になって、すぐ近くで暮らしています」

「そうでしたか。近くにお孫さんがいて楽しみが増えましたね」

美和子はこう返しただけで、自分が息子の嫁候補に上がったことには触れなかった。照子も、このことを話さなかった。

夕食を終えると、早速美和子は持参した資料を広げ、ソ連からの輸入品について、民雄と話し始めた。

水産物の説明を一通り聞くと、民雄が嬉しそうな顔をした。

「いやー、今夜は救いの女神が現れましたよ。……実はね、二年前からニシンがまったく獲れなくなって、留萌中の水産加工場が原料不足で困っていたんですよ。留萌だけじゃなく、北海道全体が同じです。去年から今年にかけて、三社が倒産しました。魚は出身地の名札を付けていないから、北海道産もソ連産も同じです。明日にでも、ソ連産のニシンやスケトウダラを買い付けるように、市の加工会社に話します。身欠きニシン、数の子、タラコの生産を再開できると言って、みんな大喜びしますよ。それほど高くなければ、会社は買い付けると思います。とにかく、現状ではモノが手に入らないんですから」

水産物のつぎは、北洋材の話題になった。美和子は、ソ連の針葉樹が道内産のものと変わらないことを力説した。

これにも、民雄は大きな関心を示した。

「留萌には合板会社が二社あります。今はインドネシア産の南洋材を使っているんですが、合板の原材料は北洋材でもいいんです。ナホトカで積んで留萌港で荷揚げすれば、南洋材より輸送費が安くなって、結局丸太一本の単価が下がります。留萌港は三年前に国の重要港湾に指定され、去年からは木材輸入港にも指定されているんですよ。早速明日にでも、北洋材のことを会社に知らせてやりましょう」

合板とは、丸太を薄くむいて単板を作り、これを何枚か重ねて作った板のことだ。この時、単板の繊維方向が互いに直角になるように重ね、接着剤で貼り合わせる。一般住宅はもちろん、アパート、ビルなどを建てる時にも欠かすことのできない建築資材だ。

民雄は何かを思い出した目つきをした。

「そうだった。美和子さん、遠軽町にも行くといいですよ。貴子さんのお兄さんは木材会社の社長です」

彼は橋本貴子の兄から届いた年賀状を見せてくれた。

会社の名前は「遠軽木材」となっていた。留萌に上陸した時、貴子も娘と一緒に山下家の世話になった。二人の滞在期間は短かったが、樺太の豊原市に住んでいた橋本母娘とは話が合った。貴子の兄が、妹を迎えに遠軽町から来たことは知っていたが、木材会社の社長だとは知らなかった。北洋材を売り込もうとしている美和子には、涙が出るほどありがたい情報だった。


翌朝列車で留萌を出発すると、終点の深川駅で旭川行きに乗り換えた。これから旭川市役所に向かう予定だ。昔久保の部下だった職員が、市長室の秘書になっていた。その職員に、三日前に電話で頼んだら、市長との面会予約をとってくれた。

旭川市は「家具の町」として、全国的に名を馳せている。昭和二十五年に国から指定を受けた「重要木工集団地区」があり、大きな会社から個人の町工場まで、ぜんぶで二百近くの家具メーカーが集まっている。

家具材としては合板も使われるが、高級家具には無垢材《むくざい》が使われる。これは、一本の原木から寸法に合わせて直接切り出された板や角材のことをいう。無垢材は天然木本来の質感や風合いを保っているから「旭川家具」というブランド名の高級家具には欠かせない材料だ。

旭川市役所に着いたのは、約束した時間の十分前だった。すぐに市長室に行くと、隣の応接室で待っていた。

それから五分も経たずに、市長が現れた。歳は五十に手が届くくらいで、スポーツマンタイプのスリムな体型をした男だった。

美和子は挨拶したあと、卓の上に名刺と資料を置いた。

「今日お伺いしましたのは……」

来訪の目的を話そうとしたら、途中で市長にさえぎられた。

「用件は、秘書から聞いて分かっていますよ。お疲れでしょうから、説明は省略して結構です」

それから彼は、一気に話し出した。

「これまで旭川の家具メーカーは、地産地消の精神にのっとり、上川地方の原木から無垢材を作っていたんです。でも、戦後の復興に使うため、木を伐採しすぎました。この辺りでは、原木が手に入らなくなって、困っているんですよ。北洋材なら同じ針葉樹だから、木工職人も違和感なく使えます。みんなはプロだから、北洋材の品質は熟知しています。採用されるかどうかは、結局原木の価格です。地元産より安ければ、もちろん喜んで買いますが、同じくらいの価格でも、みんなは買うと思います。

札幌にお戻りになったら、社長さんにこの点をしっかりお伝えください。満足のいく価格を提示してくれたら、旭川原木共同組合の組合長を呼んで、相談します」

これは美和子にとって、ありがたい話だった。新規の取引先を開拓する時、儲けを後回しにして、最初は利益を求めず、安売りすることはよくあることだ。とにかく今は、一つでも多くの取引先を見つけることが先決だった。

市長が腕時計に目を向けたのを潮に、応接室を後にした。今夜は道子の家に泊めてもらうことになっていた。


その翌日、旭川駅から石北線の列車に乗ると、遠軽町に向かった。昨日貴子に電話を入れたら、彼女は兄の都合を訊いて、美和子との面談を設定してくれた。

遠軽駅に着いて駅舎を出た時、木の香りが鼻腔を叩き、この町の主要産業が林業と木材加工業であることを教えてくれた。

十分ほど歩くと、今日の訪問先の遠軽木材に到着した。敷地の中には、体育館の形をした大きな工場を取り囲むようにして、山積みの原木や平積みにされた板が自然乾燥されている。

受付で名前を告げると、事務服姿の貴子が現れた。彼女は兄の会社で経理係りとして勤めている。

「あれー、藤田さん、しばらくだったねー。また一段ときれいになったんでないかい。出世したんだってね。電話をもらった時、初めは誰か分からなかったさー」

「ご無沙汰しています。留萌では、私を励ましてくださり、ありがとうございました。おかげさまで、今は元気にやっています」

「堅苦しい挨拶は、いいってばー。兄貴は工場にいるけど、今日のことを覚えているから、すぐにこっちに来るからね」

それから貴子は美和子を応接室に案内した。

すぐに作業服姿の社長が入ってくると、美和子の向かいに腰を下ろした。

「妹が留萌で大変お世話になったそうで、私からもお礼を申し上げます」

彼は穏やかな笑みを浮かべながら、頭を下げた。優しげな口ぶりや、柔らかな目元が貴子にそっくりだ。

美和子は挨拶を済ませると、資料を見せながら、北洋材の宣伝を始めた。

彼女が話し終わるのと同時に、社長が大きなため息をついた。

「うちの会社はグランドピアノの響板や鍵盤の板を作っているんですが、材料が手に入りにくくなって、困っているんですよ」

「キョウバンとは、どんなものですか？」

美和子が訊くと、彼は解説してくれた。

響板というのは、音響効果を高めるためにピアノの弦の下に張る板のことをいう。

響板を金属で作っても、ハンマーが弦を打った時の音を増幅させることはできる。しかし金属板は高音も低音も同じ程度に増幅するから、鋼鉄製の弦の音が甲高い耳障りな音になる。

一方木製の響板は、高い音を吸収して弱め、低い音を増幅するから、耳に心地よい豊かな音を作り出す。だから現在では、ピアノ響板は木製のものに限られている。

この会社は六年前から、浜松にある大手ピアノ会社の指導を受けて響板を作っている。現在の販売シェアは、国内では七十パーセントで、世界で見ても十六パーセントを誇っている。

社長はこんなことを話してくれた。

美和子が「どんな種類の木でも響板に使えるんですか？」と訊くと、彼は頭を左右に振った。

「広葉樹はまったくだめです。絶対に針葉樹を使わなければなりません。しかし針葉樹なら、なんでもいいわけではありません。一番いいのがアカエゾマツなんですが、北海道では手に入らなくなりました。原木を伐採しすぎたから、植林しても追いつかないのが現状ですね」

「アカエゾマツなら、沿海州のものをお使いになるとよろしいですよ」

「でも、ソ連産のマツは北海道のものと同じ種類じゃないですよね」

彼女は無言でバッグを開けると、ノートを取り出した。

「これをご覧ください」

ページをめくると、北海道産と沿海州産のアカエゾマツについて、木材の構成成分を比較した表を指し示した。ここに来る前に北大附属図書館に篭って、一日がかりで調べ上げた資料だ。

美和子は自信たっぷりな口調で解説した。

「木材の主要三成分は、セルロース、ヘミセルロース、リグニンですよね。ここにあるように含有量に有意な差はありません」

「ほー、これはいい。北海道産と変わりませんね」

目を通した社長は感嘆の声を上げた。

美和子は、ここぞとばかりに攻勢を掛けた。

「社長、試験してみてはどうでしょうか。サンプルとして、原木を何本かこちらに送りましょうか」

「一度試してみる価値はありそうだな」

社長は呟いたあと、美和子の目をじっと見つめた。

「札幌に戻ったら、ソ連産のアカエゾマツの見積もりを送ってください」

「承知いたしました。こちらとしましても、初めてのお客様なので勉強させていただきます」

彼女は立ち上がると、深く頭を下げた。応接室を出ると、事務所に寄って貴子に礼を言ってから、真っ直ぐ駅に向かった。

札幌に戻る列車の中で、今回面談した三人について思い返した。

〈顧客にはおおよそ三通りのタイプがある。品質が重要で価格にはこだわらないタイプ、価格を重視し品質にはあまりこだわらないタイプ、似たような品質のものが同じくらいの価格で入手できればよいタイプの三通りだ〉

これからの長い付き合いを考えると、相手のタイプをよく見極めて取引に臨み、ベーカー商会の売り上げを増やさなければならない。これが、春絵を日本に引き止める唯一の方策だった。

それから一年半が経って、昭和三十二年の十一月を迎えた。

一か月前に、ソ連は世界で初めて人工衛星スプートニク一号の打ち上げに成功し、競争相手のアメリカに、いわゆる「スプートニクショック」をお見舞いした。

美和子の尽力もあって、ベーカー商会は順調に売り上げを伸ばし、倒産の危機を脱出した。デニソフからも、ベーカー本人からも、悪い話は聞こえてこなくなった。ベーカー商会は、今ではもっぱらソ連の貿易品を扱う商社に変わり、ナホトカ商事、デニソフ通商とタッグを組んで、ソ連からの輸入品を道内企業に売り込んでいた。

遠軽木材の社長は、ベーカー商会から送られた見積書を見ると、すぐにソ連産のアカエゾマツを注文した。これを材料にしてピアノの響板を製作し、浜松のピアノ会社でテストしてもらったら、これまでの響板と変わらないことが証明された。現在では、遠軽木材の響板は、百パーセント北洋材で作られている。

旭川の原木協同組合からも、大量の注文が舞い込んだ。市内の家具メーカーは、組合に集められた北洋材の原木の中から、自社で使えるものを数本単位で購入している。今では百三十を超えるメーカーが北洋材を使うようになった。

留萌については、北洋材の売れ行きは芳しくなかった。もともと合板会社は二社しかなかったが、そのうちの一社が倒産したからだ。

当初北洋材は、すべて小樽港で荷揚げされていたが、現在では、道北地方からの注文分は、水産物と一緒にナホトカから留萌へ直送されている。留萌港で荷揚げされると、順次トラック便で、旭川や遠軽方面に運ばれていた。

一方ソ連の水産物については、留萌市内の水産加工場から、冷凍ニシンやスケトウダラの注文が切れ目なく続いている。留萌では、北洋材の売り上げ不振を補っても、十分な釣りがくるほどの売れ行きだった。


しかし美和子にとって、ベーカー商会の売り上げが増えたことよりも、春絵が前と同じ家に住んで、山鼻小学校に通っていることのほうが何倍も嬉しかった。

ベーカーを助けたのは美和子だけではなかった。デニソフも、父親が経営するナホトカ商事の輸出品について、北海道での独占販売権をベーカー商会に与えたのだ。

この権利により、北海道の企業は、ナホトカ商事の輸出品を、必ずベーカー商会から買わなくてはならなくなった。ソ連産の北洋材や水産物を、地元の港で荷揚げする場合でも、地方の会社が直接ナホトカ商事から買うことはできなかった。

去年の四月、美和子が道内を駆け回っていた頃のことだった。出張明けのある朝、会社に出勤すると、待っていたデニソフが質問した。

「藤田さんは、どうしてそんなにベーカー商会に肩入れするのですか？」

彼には、ベーカーの娘が自分の産んだ子供だということは話していない。

「私が結核で死にそうになった時、ベーカーさんはストレプトマイシンを送ってくれました。当時日本では、この薬をもっているのは進駐軍だけでした。だから彼は、私の命の恩人なんです。私はただ、その時の恩返しをしているだけです」

美和子はこんな風に答えておいた。

するとデニソフは目を潤ませた。

「そんな美談があったのですか。ベーカーさんは稀に見る人格者ですね。私は久しぶりに感動しました」

それから自分の顔を指差した。

「ベーカーさんは私の恩人でもあるわけです。だって彼が、薬を藤田さんに送らなかったら、デニソフ通商に貴女はいませんでしたから」

美和子は安堵した。デニソフから「どんな経緯があって、ベーカーさんは藤田さんにストレプトマイシンを送ることになったのですか？」と訊かれるのではないのかと、どきどきしていた。

その翌日、デニソフは笑顔で美和子に報告した。

「ナホトカ商事の独占販売権を、ベーカー商会に与えることを決めました」

ベーカーの美談に感銘を受けて、父親と相談したのに違いない。彼は情に厚く、涙もろい男だった。ロシア人なのに義理と人情を理解できるらしく、日本の仁侠映画が大好きで、清水次郎長の大ファンだ。

一方ベーカーは、美和子が最も喜ぶ方法で、彼女に感謝を表した。春絵の誕生日やクリスマスに、美和子をパーティーに招待するだけではなかった。頂き物があったら、おすそ分けを春絵に託し、美和子のアパートまで届けさせた。さらに、月に一度は美和子を招いて、四人揃って食事会を催した。

彼は春絵に言い聞かせた。

「藤田さんは、先生をやっていた時、春絵の命を助けてくれたでしょ。先生を辞めたあとは、お父さんの会社を助けてくれたんだよ。今でも会社を続けられるのは、藤田さんのおかげなんだよ」

だから春絵は、父が美和子を大切に扱うことを、当然のことだと思っていた。

昭和三十六年六月のことだった。

美和子のもとに、留萌市長の山下民雄から手紙が届いた。彼は留萌市長を二期連続で務めている。

藤田美和子様

ご無沙汰しております。お元気でお過ごしのことと存じます。

本日はソ連から輸入した冷凍ニシンについて、ご報告させていただきます。

五年前から、市内の水産加工場ではソ連の冷凍ニシンを原料にして、身欠きニシンと数の子の生産を始めました。

しかし、身欠きニシンは従来通りにできあがったのですが、数の子は上手くできませんでした。冷凍ニシンを解凍した後、すぐに腹を裂いて数の子を取り出しても、変質した胆汁や血液などの体液が付着して、卵全体が黒褐色に変色しているからです。

何日もかけて、塩水で何十回洗っても、数の子本来のきれいな色には戻らず、とりわけ、付着した血液を取り除くのが難しく、黒っぽい色は最後まで抜けませんでした。

発想を変えて、色素を使って黄色くすることも考えましたが、こちらも上手くいきませんでした。

ところが三年前に、市内の水産会社が、過酸化水素を使って、変色した数の子を漂白する方法を開発しました。過酸化水素は人体に無害なので、国の認可も下り、製法特許をとることができました。

この方法を使うと、黒ずんだ色がとれて、数の子本来の美しい黄金色に仕上がります。現在留萌にある水産会社は、すべてこの方法で、ソ連産冷凍ニシンから数の子を生産しています。

おかげさまで、昨年はついに全国一の売り上げを記録しました。現在では、留萌は「数の子のまち」として全国的に有名になり、市内はもとより、近郊の町も、活気に満ち溢れています。

これもすべて、美和子さんが留萌まで来てくださり、どこよりも早くソ連産の水産物の輸入を薦めてくださったおかげだと思って感謝しております。

これからもますます、日本とソ連の経済交流の架け橋として、ご活躍されることを祈念しております。

山下民雄

手紙を読み終わった時、美和子は達成感を覚え、幸せ一杯の気分になった。春絵を札幌に引き留めたい一心で努力したことが、結果的には、留萌市を活気づけることにつながった。

〈それにしても、人の運命とは分からないものだ〉

第二新興丸に乗らなければ、留萌に上陸することもなく、山下家の世話にならなかったから、山下民雄と親しくなることもなかった。さらに、第二新興丸に乗っても、親子揃って二番船倉の中にいたら、美和子も一緒に海に流されていたはずだ。両親と離されて、三番船倉に案内されたから、命が助かり、留萌に上陸できたのだ。

〈そういえば、私が三番船倉に案内されたのは、乗船する時、子供を連れた母親に順番を譲ったからだ〉

あの時突然割り込んできた母子は、運命の神が遣わせた使者だったのに違いない。

第二十二節　母と娘

昭和三十七年の五月五日を迎えた。

美和子はアパートで、久しぶりにアップルパイを焼いていた。菓子作りが得意な母から手ほどきを受けたから、来客の時はもっぱらこれを作っている。今日は昼過ぎに、高校生になったばかりの春絵が遊びに来ることになっていた。昨日、「相談したいことがあるんです」という電話を受けた。

春絵は約束の時間ちょうどにドアをノックした。

美和子はドアを開けると、春絵の顔を見て目元を緩ませた。

金髪の前髪から覗いている瞳は深い湖の色で、象牙色の肌とよいコントラストをなしている。鼻は彫刻のように高いが、先端がほどよくそぎ落とされているから、見るものに冷たい感じを与えない。成長するにつれて、父親の面影がますます色濃くなってきた。

春絵は部屋に入るなり、ジャンパーも脱がずに、立ったままで質問した。

「美和子さん、ロシア語って、難しい？」

「いやだ、春絵さん。おどかさないでよ。それって、ロシア語を勉強したい、という意味なの？」

「そう。私でもできるのなら、やりたいの」

彼女は真顔で答えた。冗談を言っているのではなさそうだ。

この頃二人は名前で呼び合っている。春絵はずっと「藤田先生」と呼んでいたが、ある時美和子が「学校を辞めたのに、先生はおかしいよ」と言ったら、それからは「藤田さん」になった。今年になって、美和子のほうから「もう付き合いが長いのだから、二人とも下の名前で呼ぶことにしない？」と提案したら、春絵は喜んで同意した。

二人がここまで親密になっても、美和子はベーカーとの約束を固守し、自分が母親であることを隠していた。自分の生い立ちについても、「生まれは旭川で、樺太に渡り、小学校の教師を務めていた時、親交のあったロシア人から言葉を習ったんだよ」としか話していなかった。

美和子は重ねて訊いた。

「ね、教えてよ。どうしてロシア語をやりたくなったの？」

内心では、親から言われなくても、娘がロシア語に興味を持ったことを喜んでいた。

春絵の口から、信じられない言葉が飛び出した。

「私の実父は東欧系のロシア人じゃないのか、と思ったから」

美和子は驚きのあまり、口を開けたままで春絵の顔を見つめていた。


先月の晴れた日曜日のことだった。両親は揃って出かけ、家には春絵一人が残っていた。父の蔵書が増えたので、明日書斎の本棚に新しい棚を増設することになり、一番上にある本を今日中に棚から出さなければならなかった。

広い書斎の壁三面が本棚になっているから、一番上の本だけでも、かなりの冊数になる。春絵はアルバイトとして、その作業を引き受けた。ベーカーは娘に小遣いを渡す時、必ず何かの仕事をさせる。

梯子を上り、最上段の本をつぎつぎ取り出すと、書斎の床に積み上げた。作業は二時間ほどで終了した。

春絵は床の上に腰を下ろすと、汗をぬぐいながら、本の背表紙に目を向けた。全部が全部アメリカから取り寄せた英語の本で、タイトルに、ソ連、ロシア、シベリア、東欧などの単語が入っていた。

夕食のあとで、春絵は父に「お父さんは、どうしてソ連や東欧関係の本をたくさんもっているの？」と訊いた。すると父は、一瞬黙り込んだあとで、「ソ連からの輸入品を扱うから、ソ連について勉強するためだよ」と答えた。

この時春絵は、父がうそを言っていることに気がついた。父は本を買うと、必ず購入年月日を見開きに書いている。本は全部、春絵が養女になった頃に買ったものだった。当時父は米軍勤務で、まだ会社を興していなかった。

春絵はこんな経緯を話すと、美和子の目をじっと見つめた。

「私の両親が養父母だということ、知っているよね？」

「知っているよ。小学校の父兄懇談会の時、お父さんから聞いた」

「私、実母が日本人だということは聞いているけど、実父のことはなにも聞いていないの。だけど、お父さんがうその返事をした時、私の実父は東欧系のロシア人じゃないのか、と気がついたの」

「どうして、そう思ったの？」

美和子の声は震えていた。点火された花火を見る目つきで、はらはらしながら春絵の唇を見つめていた。

〈これから娘の口から、どんな言葉が飛び出すのだろうか。ヤレックの名前が出てきたらどうしよう〉

考えるだけでも怖かった。

そんな美和子にお構いなく、春絵は淡々とした口調で答えた。

「父はうそが嫌いな人間でしょ。そんな人がうそを言うくらいだから、これは重大な秘密に違いないと思ったの。きっとお父さんは、私の実父の素性に興味をもったんじゃないのかな。それで本を取り寄せたんだよ」

美和子は、わが子ながら賢い娘だと感心した。

ベーカーは、春絵の父親がポーランドからサハリンに送られた流刑囚の息子だということを、久保から聞いて知っている。春絵を養女として迎えることがきっかけになって、東欧からロシア各地に送られた流刑囚について、いろいろと調べたのだ。

さっきから美和子の胸は高鳴っていた。春絵に聞こえているのではないのかと、気が気でなかった。ついに堪らなくなって、話題を変えた。

「その話とロシア語を習う話は、どうつながるの？」

春絵は、待っていましたとばかりに説明した。

「お父さんは、今は教えてくれなくても、私が大学を出て一人前の大人になったら、実父の話をしてくれると思うの。実父のことがはっきりしたら、私はソ連に行って、自分のルーツを探そうと思っている。だから今から、ロシア語をやって準備をしておこう、というわけなんだ」

美和子は、娘がそんな先のことまで考えていることに驚いた。

「そこで美和子さまに相談なのですが、ロシア語を学ぶのなら、どこの大学に入るとよろしいでしょうか？」

春絵はおどけた口調で質問した。

美和子は嬉しくなった。自分の進路について娘から相談を受けた母親になると、自信たっぷりにアドバイスした。

「大学に行くのなら、絶対に北大文学部に入ってロシア文学講座を選ぶこと。北大にはスラ研があるから、ここにいるロシア人教員の講義も聴講できるよ」

「スラケン？」

「スラブ研究室の略だよ。日本で唯一のロシアと東欧に関する研究施設なの」

「それじゃ、北大に入学して、ロシア文学の講座に進んだら、ロシア語を上手く話せるようになるの？」

「いいえ、なりません。不自由なく話せるようになるには、それだけじゃ無理。だから今年から、夏休みとか、冬休みとか、春休みにデニソフ通商でアルバイトをして、ロシア人と会話をすること。さらに北大に入って学問的なことを学んだら、春絵さんはパーフェクトなソ連通になるよ。将来はお父さんの仕事のサポートもできるから、絶対にそうするといいよ」

美和子はずっと前から、〈ひょっとしたら春絵は、本州の私立大学に行くのではないのか〉と危惧していた。しかし、春絵がこの話に乗ってくれたら、娘を札幌に引き留められるし、ときどき会社で一緒に過ごすこともできるのだ。

「それ、グッドアイディアだね。私、そうするよ」

嬉しいことに、春絵はあっさりと美和子の提案を受け入れた。

昭和四十一年を迎えた。

この年は、日本経済の高度成長期の真只中にあったが、飛行機事故が頻発した特異な年になった。

二月四日に、札幌雪祭り見物の乗客を乗せた全日空機が、羽田沖に墜落し、乗っていた百三十三人全員が死亡した。

一か月後の三月四日には、カナダ太平洋航空機が羽田空港への着陸に失敗し、六十四名が犠牲になった。

その翌日には、英国海外航空機が富士山上空で乱気流に巻き込まれて空中分解し、百二十四人全員が死亡した。

しかし悲劇はこれで終わらなかった。

十一月十三日には、全日空機が松山沖で墜落し、乗っていた五十名全員が死亡した。

悪夢のような航空機事故が続いた一年だったが、デニソフには嬉しい出来事があった。それは、小樽市長が九月にナホトカを訪れ、小樽とナホトカの姉妹都市提携の調印を行ったことだ。

このニュースを聞いた時、デニソフは涙を浮かべて、美和子に頭を下げた。

「私はやっとソ連と日本の架け橋になれました。これはすべて、美和子さんとベーカーさんのおかげです」

しかし美和子してみれば、デニソフ通商に入社したのも、北海道内を駆け回り、必死で取引先を開拓したのも、〈日ソの架け橋になろう〉とか、〈ソ連のために働こう〉と思ったからではなく、春絵を札幌に引き留めたい一心でやったことだった。だからデニソフから礼を言われた時、心苦しくて、彼の顔をまともには見られなかった。

ナホトカにいるデニソフの父親からも、「これからも、三つの会社が協力して、ソ連と日本の経済交流を促進させましょう」という電話があった。


それから五年半が経って、昭和四十七年の二月になった。

札幌は五輪カラー一色で、大会テーマ曲の『虹と雪のバラード』が街中に流れている。日本勢がスキージャンプ七十メートル級で、金、銀、銅のメダルを取り、新聞には「日の丸飛行隊」という見出しが躍っていた。

進駐軍が撤退した後、キャンプ・クロフォードは陸上自衛隊の駐屯地になっていたが、札幌五輪が決まると、敷地の一部が払い下げられ、ここに地下鉄駅が造られた。米軍がゴルフ場にしていたエリアには、屋内スケート競技場などの五輪施設が建設された。

北大の文学部を卒業した春絵は、ベーカー商会に入社して、三年目を迎えようとしている。高校生の時、美和子の会社でアルバイトをしたので、ロシア語会話も上達した。

しかし美和子から、「まだ発音がよくないから、ロシア人には分からないところもあるよ」と注意を受けた。ロシア語は、英語、ドイツ語、スペイン語などと比べると、日本人には発音が難しい。

そんな美和子も、春絵の「読み・書き能力」については、合格点を与えていた。

五輪最終日の夕方のことだった。美和子は三越前の藤井ギャラリーを出ると、後ろを振り返って春絵に訊いた。

「コーヒー、飲みたくない？」

「飲みたい。私も同じことを思っていた」

会社の部下から展覧会のチケットを二枚もらったので、春絵を誘った。札幌出身で、長らくフランスに留学していた画家の個展だった。

二人はギャラリーの二階にある喫茶店の階段を上った。

日曜日なのに、店内はそれほど混んではいなかった。みんなは家のテレビで、五輪中継を見ているのだろう。五輪の完全カラー放送は、札幌五輪が史上初めてだった。

注文を済ませると、春絵が声を潜めた。

「さっきの展覧会、期待はずれだったね」

「そうだね。人もあまり入っていなくて、かわいそうだった」

「私、エルミタージュ美術館に行ってみたいの。現地でロシア語も話して、力試しもしてみたいし」

「レニングラードにある美術館でしょ。いつか一緒に行きたいね」

美和子はソ連の新聞で、この美術館の記事を読んだことがある。

「ところで春絵さんは、最近絵を描いているの？」

美和子が訊くと、春絵は顔を曇らせた。

「描きたいんだけど、まとまった時間が取れなくて、あまり描いていない。学生の時は一日中でも描けたのにね」

春絵は北大に在学していた時「黒百合会」に入部し、油絵を描いていた。黒百合会は、明治四十一年に有島武郎を初代顧問に迎えて創立された、歴史のある学生サークルだ。

美和子が遠くを見る目つきをした。

「もう、十八年も経ったんだねー。春絵さんが児童画展で文部大臣賞を取った時、担任だった私はすごく驚いたよ」

「当の本人でさえ、びっくりしたからね」

「絵が上手なお父さんも、嬉しかっただろうね」

美和子は言ってから、心の中で「しまった、どうしよー」と叫んだ。いつも、〈春絵はヤレックに似たから絵が上手い〉と思っているから、うっかり口に出してしまった。

そんな美和子の心配をよそに、春絵は平然と答えた。

「お父さんは絵を描かないよ。……私は絵が下手だから、馬を描いても豚になる。前にこんな冗談を言っていた」、
春絵の笑い声を聞くと、ようやく胸の動悸が治まった。

「だけど、春絵という名前は、あなたにぴったりの名前だね」

「実母がつけたんですって。きっと絵を描くのが好きな人だったのでしょうね」

美和子は「違うよ。絵を描くのが好きだったのは、本当のお父さんとお祖母ちゃんだよ」と言いたくて堪らなかった。

「美和子さんには初めて話すけど、私が絵を描くようになったのは、この名前のおかげなの。小学校の二年生で、初めて絵という漢字を習ったでしょ。その時、自分の名前には、絵を描きなさい、とい

う母からのメッセージが込められていると気がついたの。その時から、私は急に絵を描くようになって、その半年後に、児童画展で文部大臣賞に選ばれたんだ。これがきっかけで、私は絵を描く喜びを見つけた。だから、春絵と名づけた実母には感謝している」

娘の温かい言葉を聞くと、美和子の目から涙が溢れてきた。

今すぐ抱き締めて、「春絵、名前を付けたお母さんというのは、この私だよ」と教えたかった。「あなたを手放して、ごめんね。だけど、これからもずっと見守っているからね」と許しを請いたかった。

彼女は膝に置いた両手のつめを立て、今にも立ち上がりそうになる両足を必死で抑えていた。

そんな美和子を見て、春絵はあっけに取られていたが、すぐに礼を言った。

「ありがとう。私のために、涙を流してくれて」

「春絵さんと名づけたお母さんの気持ちを思ったら、堪らなくなって、泣いちゃった。取り乱して、ごめんなさい」

美和子は鼻をすすりながら、頭を下げた。

第二十三節　親心

昭和五十九年の三月十日のことだった。

美和子はアパートで、机の前に腰を下ろし、空虚な気持ちで頬杖をついていた。視線が定まらず、気がつくと、部屋の中のどこでもない場所を見ていた。

デニソフ通商に入社して、もうすぐ二十八年になる。去年六十一歳になったのを契機に、会社顧問になったので、最近は地方に出かけることはほとんどなくなり、社員の相談役としての日々を送っていた。

今日は土曜日だから、会社は休みだった。暖房を切っても、室内は暖かく、近づく春を感じさせる。空は晴れわたっているのに、美和子の心は曇っていた。自分の会社も、ベーカー商会も、業績は順調だから、仕事についての心配事はない。悩みの種は、ほかでもない春絵のことだった。

〈今年の五月で三十八歳にもなるのに、まだ独身なのか〉

さっきから、同じことを際限なく憂い、何度もため息をついていた。閑職につくと、余計なことを思い悩むことが多くなる。

〈大学に四年間も通い、周りには若い男が大勢いたのに、好きな男はできなかったのだろうか〉

自分がヤレックを好きになった時のことを思い出すと、春絵が理解できなかった。

〈男から見ると、美人すぎて、近寄りがたい感じがするのだろうか〉

人一倍目立つはずなのに、言い寄る男がいないことが不思議だった。先週会った時に、それとなく鎌をかけてみたが、現在付き合っている男はいないらしい。

ベーカーや静子は子供の自主性を尊重するから、「早く結婚しなさい」と言うはずはない。ひょっとしたら、娘がいつまでも結婚しないで親と一緒に暮らしているのを、喜んでいるのかもしれない。

「もしも春絵が結婚したら、そのつぎは、早く孫の顔を見たい、と思うのだろうな。親の願いはきりがない」

美和子は自嘲気味に呟いた。

実母の名乗りを上げているのなら、事情も違ってくるだろうが、今は他人としての付き合いだから、美和子の口から「四十歳になる前に、結婚したほうがいいよ」とか「子供を産むなら、早いうちがいいよ」などと忠告することは、余計なお世話以外のなにものでもなかった。

〈春絵は結婚したら、会社を辞めて、遠くへ引っ越すかもしれない。独身のままベーカー商会で働いていれば、これからもずっと会うことができる〉

最後はあきらめて、こんな風に割り切ることにした。


その三日後のことだった。

今年は雪解けが遅く、電車通りの向こうに見える北大構内の芝生は、まだ深い雪に埋もれている。

美和子が洗面所で手を洗っていたら、廊下から女子社員の声が聞こえた。

「ベーカー商会の春絵さんて、知ってる？」

娘の名前が出た時、美和子は手を止めると、聞き耳を立てた。

「知っているよ。混血の美人でしょ」

「あの人が将来会社を引き継ぐんだって。社長の娘はいいよねー。仕事ができなくても、自動的に会社のトップになれるんだから」

「ほんと、ほんと。あの人性格はいいけど、やる気があるのかないのか分からないよね。なんかさ、いつもマイペースで仕事をやっている」

美和子は、わざと大きな足音を立てて廊下に出ると、壁に寄り掛かって雑談している二人を一喝した。

「ちょっとー、あんたたち、他人の悪口を言っている暇があったら仕事をしなさいよ。今日中にやらなきゃならない仕事が一杯あるでしょ。昼休みはとっくに終わっているよ。さっさと、デスクに戻りなさい」

二人は肩を竦めると、すごすごと部屋に戻った。

女子社員たちが話していたことは、悪口とばかりも言えなかった。美和子も同じことを思っている。だからこそ、腹が立って仕方がなかった。ヤレックに似た春絵は、自分が目立つことを好まないから、人の先に立って行動することはほとんどなかった。しかし将来会社のリーダーになるためには、こんな性格を変えなければならない。


それから一週間が過ぎた。

美和子は会社でデスクに向かい、ロシア語の新聞を読んでいた。沿海州のウラジオストックやナホトカで発行された新聞が、発行日より一週ほど遅れて届く。ソ連の市場動向の変化やロシア人がどんな製品を求めているのか、ほかのどこより早く知るためには欠かせない情報源だ。

社会面を読み終わった時、美和子の頭にひらめくものがあった。

「これだー。中古車とスパイクタイヤだよ」

彼女は大声を上げると、すばやく立ち上がった。急いで外出の支度をすると、部下の女に声を掛けた。

「北大まで行ってくるからね。二時間くらいで戻ると思う」

顧問になって給料は半減したが、会社に戻る時間さえ知らせておけば、自由に行動できることはありがたかった。

電車通りを横断すると、北大構内に入り、イチョウ並木の道を進んだ。この時季、観光客はほとんど見られない。夏のハイシーズンになると、観光客が列になって構内を歩くから、学生たちは「ちょっと失礼します」と言いながら、人ごみを掻き分けなければならない。春絵は「北大の正式名称は、北海道観光大学と申します」と笑っていた。

工学部の建物に入ると、守衛室で山科《やましな》研究室の場所を教えてもらった。前に北海道新聞に載った記事を読んでいたから、ここで行われている研究テーマを知っていた。面会予約は取っていないが、教授がいなければ、助教授か助手が相手をしてくれるだろう。

研究室に着いて、ドアをノックすると、中から元気のいい返事があった。

出てきたのは背の高い学生風の男だった。

「私はデニソフ通商の藤田と申しますが、山科教授はいらっしゃいますか?」

「山科先生は学会で東京に出張して不在です。隣の部屋に助教授の毛利先生がいらっしゃいます」

彼の返事を聞くと、美和子は隣のドアをノックした。

スパイクタイヤというのは、凍結した道路での走行性能を上げるために、タイヤの表面に金属製のピンを打ち込んだタイヤのことをいう。日本では、昭和三十七年に生産開始となったが、十年も経たずに、積雪地帯では、ほぼ百パーセントの装着率になった。これは、スパイクタイヤが、凍結路面でのブレーキ効果が著しく高いためだ。

しかしスパイクタイヤの普及は、深刻な問題も引き起こした。

昭和五十六年あたりから、仙台では「冬から春にかけて、街中がほこりっぽくなる」という苦情が寄せられ、札幌では観光客から「雪祭りの雪像が、煤けたように黒くなっている」と指摘された。

山科研究室では、毛利助教授が先頭に立って、以前からこの原因究明に取り組んでいた。やがて、街や雪像を汚染しているのが、スパイクタイヤによって削り取られたアスファルトの粉塵であることが明らかになった。

道路に雪が積もっている状態では、スパイクタイヤはほとんど問題を起こさない。しかしドライバーの多くは、夏タイヤをスパイクタイヤに履きかえると、完全に雪が消えるまでそのまま走り続ける。そのため、冬から春先にかけての暖かい日に、融雪時に発生した浮遊粉塵が街中に飛散する。仙台の街がほこりっぽくなるのも、雪祭りの雪像が黒くなるのも、元凶は同じだった。

さらに、札幌市内で捕獲した野良犬の肺胞を分析すると、スパイクタイヤのピンから出た鉄成分が肺胞壁に濃縮していることが確認された。この事実は、スパイクタイヤを使い続けると、人間の肺でも同じことが起き、健康が損なわれることを意味している。

毛利助教授は、こんなことを教えてくれた。

この時は、本人も含めて日本中の誰もが知らなかったが、八年後に彼は、日本人で初めてスペースシャトルに搭乗することになる。

美和子は立ち上がると、一番質問したかったことを口にした。

「それで、スパイクタイヤの販売は、いつまで続くとお考えですか？」

「そうですね。私たちの研究で、健康被害が出ることが実証されましたから、あと五年もしたら製造中止になって、それから一、二年で使用禁止になるでしょう」

美和子は、してやったりという顔で、笑みを浮かべた。丁寧に礼を言うと、研究室を後にした。


その日の夜、美和子はアパートに春絵を呼んだ。

美和子の顔は、いつになく緊張している。

「春絵さん、これから話すことは二人だけの秘密だよ」

「急に呼び出されて、秘密って言われると、なんだか恐ろしいな」

「明日、大急ぎで社長と相談してほしいことがあるんだけど」

「分かった。話を聞くよ」

春絵が真剣な目つきをすると、美和子は話し始めた。

「ベーカー商会の取引先を通じて、道内の中古車を買い集めること。その時中古のスパイクタイヤも引き取ること。……スパイクタイヤは数年したら使用禁止になり、捨てるのにも処分費用が掛かる。こう言えば、ただ同然で手に入るよ」

春絵はきょとんとした目を向けた。

「集めた中古車とスパイクタイヤをどうする気なの？」

「ベーカー商会がナホトカ商事にセットで売るの。北洋材や水産物を積んできた船の戻り便に乗せれば、安い運賃で小樽港から運べるでしょ」

言ってから、届いたばかりのソ連の新聞を春絵に見せた。

「この新聞に書いてあったんだけど、ソ連では、性能がいい日本の中古車が大人気なの。今は、ロシア人船員が日本から帰る時、本人が買った中古車を携行品として運んでいるんだけど、一人につき一台しか認められないから、現地では奪い合いなんだって。だからベーカー商会が、ロシア人たちの希望を叶えてあげる、というわけ」

春絵はようやく美和子の意図を理解したらしく、ごくりとつばを飲み込んだ。

「話は分かった。明日にでも、美和子さんから社長に言えばいいよ。彼はすごく喜ぶよ」

「それは、だめ。絶対に春絵さんの口から社長に話すこと」

美和子は片手を激しく振ると、頑として言い張った。春絵に対してこんな厳しい物言いをしたのは初めてだった。

それから改めて説明した。

「春絵さんの口から言えば、あなたの手柄になるでしょう。ソ連の新聞を読んだ時に、この商売を思いついた、と言えばいいの。あなたはロシア語が読めるんだから、誰も怪しまないよ」

少しでも、娘の業績を上げたい親心だった。いくら春絵が社長の娘でも、株主や役員たちは、実績のない人間をベーカーの後継者にはしたくないはずだ。

美和子は教師の口ぶりで言い含めた。

「いいこと。お父さんの力になることが、これまで育ててくれた恩返しになるんだよ。お父さんは、もう若くないから、これからは春絵さんが先頭に立って会社を盛り立てなきゃならない。このことを忘れないように」

「美和子さん、私のことを気に掛けてくれて、本当にありがとう」

春絵は涙声で礼を言った。

「新聞を持って帰るのを忘れないでね。それと、私から聞いた情報だとは、死んでも言わないこと。社長にも内緒だよ」

美和子は厳しい口調で念を押した。


春絵の提案は直ちに社内会議に掛けられると、大きな反対もなく議決された。

その三か月後に、小樽港からナホトカ港に向けて、およそ百五十台の中古車がスパイクタイヤと一緒に運ばれた。現地での人気は予想以上に高く、第一便の車はすぐに完売になった。買いそびれた客に対して、ナホトカ商事は予約販売を受けつけた。

当時富山港からも、本州で集められた中古車がナホトカ港に向けて積み出されていた。しかしソ連の人々には、スパイクタイヤのセット販売も加勢して、厳冬期を走りぬいた実績のある北海道の中古車が圧倒的な人気を博した。

毛利助教授の指摘どおり、日本でのスパイクタイヤの販売は、昭和六十年にピークを迎えたが、翌年通産省より出荷制限の指導があり、平成二年に製造販売が中止になった。その二年後に原則使用禁止となった。

ソ連の人々は、性能のよいスパイクタイヤを装着した北海道の中古車を、競いあって買い求めた。車には、凍結予防のためのヒーターや車内暖房の装備品が付いていることも、彼らを喜ばせた。

昭和六十二年の四月、春絵は副社長に昇進した。中古車とスパイクタイヤの輸出事業がヒットしたことが、彼女の昇進を後押ししたことはいうまでもない。人間、なにがきっかけになって豹変するのか、分からないものだ。春絵はこの頃から、会社の仕事に面白さを見出したらしく、社員の先頭に立って新規の事業を開拓するようになった。

かくして会社を牽引するのは、実質的には副社長の春絵になり、七十四歳になったベーカーは喜んで現役から退くと、いわゆる「名ばかり社長」に納まった。

ベーカー商会は、十年以上にもわたって、北海道の中古車をナホトカ商事に販売し、莫大な利益を上げた。この間、平成三年の十二月にソ連邦が崩壊しロシア共和国となったが、北海道の中古車は、それまでとは変わらず売れに売れた。

第二十四節　再訪

月日が流れ、平成九年を迎えた。

四月から消費税率が五パーセントに引き上げられると、景気が悪化して、中小企業の倒産が相次いだ。美和子は三月限りで、デニソフ通商を辞めたから、そんなニュースも気にならなかった。

八月十九日の昼過ぎ、彼女はフェリー「サハリン7」の甲板に立ち、陸地を見つめていた。六年前にソ連邦が崩壊すると、歴史が大きく動き始め、サハリンに本社がある「サハリン船舶会社」が、昨年から日ロフェリーを就航させた。このフェリーはもともと貨物船だから、乗客定員は百人にも満たない。さらに、月に一度しか運航されないので、日本でチケットを入手するのは困難だった。

しかしデニソフの美和子に対する心遣いは、辞職した後も続き、チケットの手配をナホトカ商事に頼んでくれた。観光ビザでは、一人旅は許されないし、自由に歩き回ることもできないから、ビジネスビザを取ってきた。

前方に見えてきたサハリンの西海岸を、手に持った地図と見比べた。

〈真岡がホルムスク、その北にある久春内がイリインスキー、ずっと向こうの恵須取がウゴレゴルスクになったのか〉

澄み切った夏空は当時と同じなのに、漢字だった名前が全部ロシア語に変わっていた。ピレオ村はルイコフという名前になって残っていたが、安別村は地図から完全に消えていた。

ヤレックに再訪を約束した時から五十二年が経っている。今年で七十五歳になったから、もう先延ばしはできなかった。

昨夜小樽港を出た船は、およそ十八時間でホルムスク港に到着する。そのあと船は、大陸にあるワニノ港に向かう。ここで荷物を積み込むと、ホルムスクを経由して小樽港に戻るから、この便で帰国するつもりだった。

船がホルムスク港に到着した時は、夕方近くになっていた。

フェリーターミナルを出て、南北に延びるメインストリートを見た時、美和子は思わず小さく叫んだ。町が真岡だった時には、倉庫や水産加工場がぎっしり並び、商店が軒を連ねていた。けれども今では、一本の道路が走っているだけで、大きな建物は見当たらなかった。空襲で焼け野原になったあと、町は再建されなかったらしい。

今夜の宿は、その名も「ホテル・ホルムスク」だ。フロントの若い女は、美和子が話すのを聞くと、「あなたは日本人ですよね」と言って、不思議そうな顔でパスポートの写真を何度も確かめた。

チェックインが済むと、美和子は女に頼み込んだ。

「明日から三日間ほど車をチャーターしたいのですが、適任者がいたら電話番号を教えてください。観光ガイドは不要で、運転してくれるだけでいいです。チャーター料はもちろん、運転手のホテル代も食事代も、すべて私が払います。詳しいことは私が電話で相談します」

サハリンでは、タクシーは走っているが、車の屋根に表示灯は付いていない。だからタクシーと一般の車を見分けることは難しい。たとえタクシーを捕まえられたとしても、法外な料金を要求する悪質なドライバーもいるので、車をチャーターしたほうが安全で安上がりだ。この情報は、サハリンに何度も来たことのあるスラブ研究室の教授から聞いていた。

「車をチャーターするのなら、この人がいいですよ」

受付の女が渡してくれた紙には、ボリス・イワノフという名前と彼の電話番号が書かれていた。

美和子は電話を借りると、早速交渉を始めた。

翌朝八時きっかりに、ボリスはホテルのロビーに現れた。年は五十代初めくらいで、物静かな男だった。彼の車が日本車であることを知ると、春絵の顔を思い浮かべた。今日は、一気にウゴレゴルスクまで行くつもりだ。二百四十キロもの長距離ドライブだから、途中何度か、トイレのために休息するように頼んでおいた。

美和子のキャリーバッグをトランクに入れると、ボリスが訊いた。

「フジタさんは、どうしてロシア語を話せるのですか？」

美和子は、樺太の国境近くで小学校の教師をしていたこと、ロシア人と交流していたことを、手短に教えた。

ボリスは納得顔で頷いた。

「サハリンは、日本が南半分を統治していた時のほうがよかったそうですよ。父が言っていました」

「今のサハリンはよくないんですか？」

「仕事がないし、治安も悪いです。南サハリンでは、日本が残してくれたもので、使われているものは汽車の線路だけですよ。九つもあった製紙工場も、ぜんぶ廃墟になりました。続けていれば、大勢の人間が仕事をもらえたのに、残念です」

彼は落胆した声で言った。

美和子は彼を元気づけようと思い、話題を明るいものに変えた。

「油田とガス田の開発がもうすぐ始まります。これからは、サハリンの景気もよくなりますよ」

「でも、金は地元にそれほど多くは落ちないと思います。儲かるのは投資家と外から来る企業だけですよ」

ボリスは根っからの悲観論者らしく、美和子の意見に異を唱えた。

車が走り出すと、彼女は流れゆく外の景色に目を移した。進行方向は逆だったが、この風景はカニ缶工場のトラックの上から眺めたことを覚えている。

〈あの時会った女子工員たちは、今頃どうしているのだろうか〉

五十年以上も経っているのに、記憶は昨日のことのように鮮明だった。

途中何度か休息すると、午後三時過ぎに、車はウゴレゴルスクに到着した。

今夜の宿は「ウュート」というホテルになった。部屋には、簡素な木製ベッドが一つとテレビがあるだけで、シャワーも水だけだった。サハリンでまともなホテルがあるのは、ユジノサハリンスクだけだ。ここはサハリン州の州都で、樺太時代には豊原と呼ばれていた。

二人はホテルを出ると、隣にあったレストランで食事をとった。途中の道路は未舗装部分もあったから、老齢の身には、とても疲れるドライブだった。今日は早めにベッドに入り、明日のために休養することにした。

翌日も晴れ上がり、これで三日間雨なしになった。

二人が乗った車はホテルを出発すると、広場にある自由市場に立ち寄った。市場といっても、祭りの夜店と変わらない。屋根はブルーシートで覆われているだけで、粗末な台の上には、野菜、果物、切花、水産物、精肉、日用品などが並んでいる。売り手と客の多くはロシア人だが、ときどき北方少数民族や朝鮮人などの顔も見られる。

美和子は二人分の飲料水と三束の花束を買うと、ボリスに頼んで王子製紙の工場跡まで連れていってもらった。

工場跡に着いて車の外に出た時、二人は同時に驚きの声を上げた。

巨大なコンクリートの建物が、辺りを威圧するようにそびえていた。下から上に向かって数えると、窓の列は八段もあった。ソ連軍はここを爆撃しなかったらしく、破壊のあとは見られない。周囲には雑草が生い茂り、長い年月を経て風化が進んでいるから、古代ローマの遺跡を思わせる。皮肉なことに、町一番の高層建築物がこの廃墟だった。

道路の走り方は恵須取時代と同じだった。製紙工場を起点にして車を走らせたら、防空壕のあった高台の斜面はすぐに見つかった。壕は埋められていたが、地形はほとんど当時のままだから、映画館の新富座があった場所もすぐに分かった、爆撃を受けた時、美和子たちはこの中に避難した。当時の建物は消え、跡地にはアパートが建っていた。

それから車は、敵中突破を決行した道順とおりに走行した。

〈ソ連兵から銃撃を受けたのは、ここを通る時だった〉

王子病院跡を通る時、当時のことを思い出した。同じ記憶でも、恐怖の記憶はいつまでも消えることはない。

〈彼女たちは、まだ元気なのだろうか〉

運河の橋を渡った時、雪子が率いていた女子監視隊員の顔を思い浮かべた。

街を出て、上恵須取に向かう道路をしばらく走ると、美和子は運転席に声を掛けた。

「ボリスさん、ここで止めてください」

車が停まると、彼女は花束を持って外に出た。道路際の路肩に花束を置くと、土手の下を見て手を合わせた。

〈田口さん、お母さんと二人の子供たち、おばあさん、どうか安らかにお眠りください〉

トラックが横転した時の情景は、今でも夢に現れる。防空壕にいた四人の顔を思い出すと、助けてやれなかった自分が腹立たしくなり、悔し涙が溢れてきた。

気がついたら、横にボリスが立って、黙祷していた。

「ここで、終戦の夏に日本人五人が亡くなったんです」

訊かれる前に説明した。

その後車はしばらく東に向かうと、道路が十字に交差しているところで停車した。

美和子は外に出ると、辺りを見回した。

当時の郵便局も小学校も、何もかも消えて、一面に夏草が生い茂っている。風に踊るコスモスの花を見たら、この辺りが避難民で溢れ、ソ連の戦闘機が機銃掃射したことなど、現実に起こったことだとは信じられなかった。

建物は跡形もなかったが、道路の走り具合から、第五陣地があった場所は特定できた。美和子は草むらを進むと、雪子が野焼きにされた場所で立ち止まった。ひざまずくと、目の前に花束を置き、涙声で話し掛けた。

「雪ちゃん、遅くなって、ごめんね。雪ちゃんは私の身代わりになってくれた。私は、自分が生き抜くことが、雪ちゃんへの罪滅ぼしになると思った。おかげさまで、無事に旭川に帰ることができました」

それから、春絵の写真を草むらに置いた。結核病棟に入院していた時、久保から渡された写真だった。

「これを見て。貴女のおかげで、私は助かり、春絵を産むことができたの。貴女の命が二つになったんだよ」

雪子が死に際に言った「わたしの、ぶんも、いき、のびて」という言葉を思い出すと、新たな涙が噴出した。

「私、雪ちゃんとの約束、破ってしまった。小学校の先生になったけど、長くは勤めないで、途中で辞めちゃったの。ごめんね」

ここでしばらく口を閉ざしていたが、思い切ったように話し始めた。

「実は、謝ることがもうひとつあるの。私は先生を辞めると、ロシア人の会社に入ったんだ。いつも雪ちゃんには、申し訳ないと思って働いていた。だって、雪ちゃんを殺したのはソ連軍でしょ。それなのに私は、ソ連の国を相手にして、沢山の品物を買ったり、売ったりなんかして、給料をもらっていたんだよ。娘を見守るためにやったことだけど、いつも雪ちゃんには、申し訳なく思っていた。私のこと、許してね」

涙をこぼしながら、頭を下げて謝罪した。


車はウゴレゴルスクの町に戻ると、海岸沿いの道路を北に向かった。

しばらくすると、見覚えのある入り江に差し掛かった。ヤレックが船を押し上げた砂浜だ。山の斜面に、つづら折れの道が見えている。

美和子は車を停めてもらうと、ボリスに断った。

「ここで待っていてください。私が一人で行きます」

今回ばかりは、一人で思い切り泣きたかった。

彼女は外に出ると、つづら折れの道を、あえぎあえぎ上り始めた。途中で三度休んだが、どうにか試掘作業所があった平地にたどり着いた。

目の前を見た時、自分の目を疑った。

奇妙なことに、作業所の残骸はまったく残っていなかった。自然に朽ち果てたのなら、屋根や壁板などが堆積しているはずだ。注意深く草むらの中を調べたら、おびただしい数の炭化した板切れが散らばっていた。ソ連軍兵士かロシア人の住民が、作業所を焼き払ったのだ。

美和子の心を、不安の影がよぎった。

〈作業所がこの有様なら、ヤレックの墓も荒らされているのに違いない〉

しばらくは墓に行くのをためらっていたが、思い切って歩き始めた。途中からは、前を見るのが恐ろしくなって、目を瞑っていた。

十数歩先へ進んで立ち止まると、思い切って目を開けた。

「あったー。残っていたー」

美和子は声を弾ませた。

あの時造った墓は残っていた。十字形に置いた石が、夏の陽射しに輝いている。驚いたことに、周りは夏草で覆われているのに、盛り上げた土のあたりだけ草が刈り取られていた。それだけではない。枯れてはいたが、白い花まで置かれていた。

死者を弔う気持ちに国境はない。誰の目から見ても、石の十字架があるから、ここが墓であることは明らかだ。ときどきここを訪れて、手入れをしたり、花を供えたりしている住民に、心の底から感謝した。

美和子は花束を墓の上に置いた。手に提げた紙袋から、春絵の写真を何枚も取り出すと、つぎつぎ石の上に並べ始めた。生まれた時、小学校に入学した時、児童画展で賞をとった時、高校や大学に合格した時、社長に就任した時の写真など、何十年間にもわたる娘の成長記録だった。

美和子はヤレックに報告した。

「これが、あなたの娘ですよ。王子さまのようなお父さんに似て、とても美人になりました。お父さんの名前が春を意味するヤレックだし、お父さんとおばあちゃんは絵が上手なので、春絵と名づけました。学者だったお祖父ちゃんに似て、小学校から大学までとてもよい成績でしたよ。去年貿易会社の社長になりました。日本に住みたかったお父さんの分まで、しっかり活躍していますから、どうか安心してください」

言葉は途中から、泣き声に変わっていた。

両足が自分のものではなくなり、急に力が抜けた。美和子は墓の上に体を投げ出すと、草を掻きむしりながら身もだえした。

彼女は泣いた。地下に眠る夫に届けとばかりに、大量の涙を墓に降らせた。

〈私は五十二年間、娘を守るためにだけ生きてきた〉

春絵が会社のトップに上り詰めた今となっては、この世で思い残すことは何もなかった。この瞬間、心臓が止まっても悔いはない。

美和子は手を伸ばすと、十字架の石を愛撫した。

〈ヤレック、そっちに行きたいよ。もう、十分に生きた〉

そんな美和子を覚醒させるように、道路のほうから車のクラクションが三度続けて鳴り響いた。

彼女はのろのろと起き上がると、石の十字架に向かって、呼び掛けた。

「ヤレック、もうすぐそばに行くから待っていてね」

未練がましく何度も振り返りながら、夫の墓を後にした。

第三章　エピローグ

藤田美和子の日記はここで終わっていた。

ページの余白には、北海道新聞から切り抜かれたカラー写真が貼り付けられていた。社屋の前に立つ春絵が写っている。写真の下には「創立四十五周年を迎えたベーカー商会、娘の春絵さんが新社長に就任」という見出しが載っていた。

この写真の横に、ペン書きで「この六冊の日記帳を全部ベーカーさんに送ったら、私の役目は終わりだ」と書かれていた。

春絵は、それまで呼吸を禁じられていたかのように、溜めていた息を大きく吐き出した。涙で目が曇り、途中で何度も読めなくなったが、六冊の日記をどうにか読み終えた。窓の外を見ると、東の空が明るくなっていた。

日記帳をベッドの傍らに置くと、枕元に寄って母の顔をじっと見つめた。その拍子に涙がこぼれ落ち、母の頬をほとほとと叩いた。

〈深く刻まれたしわの一本一本も、母の苦難の記録なのだ〉

こう思ったら、堪らず母の胸に取りすがった。

「お母さん、何度も会っていたのに、どうして名乗ってくれなかったの。藤田美和子としてじゃなく、私を産んだお母さんとして話をしたかったよ。二人でエルミタージュに行きたかったよ。一緒にサハリンに行って、お父さんと話したかったよ」

春絵は言いながら、背中を震わせて泣きじゃくった。

しばらく経って、顔を上げると、母の顔をじっと見つめた。

〈この女《ひと》は、想像を絶する一生を送った〉

テレビドラマか映画の主人公のような気がして、自分を産んだ母親だとは、にわかには信じられない。

母はサハリン訪問の前に、自分の病気のことを知り、死ぬことを予感していた。だからヤレックの墓の前で、最後に「ヤレック、もうすぐそばに行くから待っていてね」と弱気なことを言ったのだ。

そんな母は、サハリンから帰った後、突然姿を消した。アパートに行ってみたが、引っ越したあとだった。転居先も不明で、電話も繋がらなかった。これはすべて、娘に迷惑を掛けまいと決心したからに違いない。

母に対する養父の心遣いも、春絵の胸を熱くした。美和子の医療費は、ずっと養父が負担していたことは間違いない。こんな立派な病院の最上階の個室料金を、彼女の金で負担できるとは思えなかった。

春絵はもう一度ベッドの日記帳を手に取った。

最後の日記帳は半分くらいが使われただけで、何十枚ものページが空白になったままで残されていた。それを捲っていたら、折りたたまれた便箋が現れた。母が日記帳を預ける時に、養父母に宛てた手紙だった。ベーカーが、春絵にも読ませようと思って、ここに挟んでおいたのに違いない。

春絵は母の手紙を声に出して読み始めた。

親愛なるトマス・ベーカー様
親愛なる静子奥様

春絵を立派に育ててくださった上、会社の社長にまでしてくださり、本当にありがとうございます。お二人さまには百万回のお礼を申し上げても、まだ足りないくらいです。

春絵を産んでから、もう五十年以上が経ちました。ベーカー様ご夫妻のおかげで、春絵は会社のトップにまで上り詰めました。サハリンに行き、ヤレックにもこのことを報告してまいりました。

私はこれで十分です。これ以上、何も望みません。きっとヤレックも同じ気持ちだと思います。

そこで、お二人さまに最後のお願いがあります。

この手紙と一緒にお送りした日記帳を、私が死んでから春絵に渡していただきとうございます。どうか、どうか、よろしくお願いいいたします。

この日記を読めば、父親のヤレックが自分の命を賭して妻と娘を守ったことがよく分かります。娘はきっと、いくら病気だったとはいえ、自分を手放した母親のことを恨んでいると思います。この日記帳を読んで、当時の母のつらい気持ちを、幾分なりとも分かってもらえたら、私は安心して成仏できるというものでございます。

もちろん、ベーカー様ご夫妻が、全部の日記帳に目をお通しになる分には、一向に構いません。けれども、私が生きている間は、中に書かれていることは、春絵には絶対に内密に願います。

それでは、私が死んだら、くれぐれもよろしくお願い申し上げます。

かしこ

藤田美和子

春絵が社長になったのは、今から四年前の十月一日ことだった。その翌年の夏、美和子はサハリンに渡った。この手紙は旅行から帰った直後に書かれたものだ。当時養父母は生きていた。

〈彼らは絶対にこの日記を最後まで読んでいる〉

春絵は確信した。

しかし二人は、日記の内容はもちろん、日記を預かっていることさえも一切話さずこの世を去った。彼らは昔から人との約束事を大切にする人間だから、母が手紙で頼んだことを頑なに守ったのだ。けれども彼らが、母との約束を守らなかったことも、一つだけあった。大木弁護士は「藤田美和子さんが危篤になったら、日記帳を渡すように言われました」と言っていた。

ところが母の手紙には「どうかこの日記帳を、私が死んでから春絵に渡していただきとうございます」と書かれている。この点だけは、母の頼みに背いたことになる。きっと養父は〈臨終の時に実の娘が立ち会わないなんて、母親としてあまりにも哀れだ〉と思ったのだろう。

ここで疑問が湧いた。

〈母はなぜ、日記を死ぬ直前まで書かずに、三年前に突然書くのを止めてしまったのだろうか〉

もう一つ分からないことがあった。

〈母はどうして、死んでから娘に渡すつもりの日記帳を、自分が生きているうちに養父に預けたのだろうか。気力のある限り日記を書き続け、自分の遺言状に、「病室の棚にある日記帳を全部ベーカー・春絵に届けてください」などと書いておけば済む話だ〉

春絵はしばらく考えていたが、自分なりの答えを見つけると、声に出して言ってみた。

「母は、娘が社長になり、サハリン墓参も済ませたので、これで十分だと思って、日記を書くのを止めてしまった。養父以外に信頼の置ける人間がいなかったので、彼が生きているうちに日記を預けた」

本当の理由がどうあれ、大事なことは、母が〈この日記を全部娘に読ませよう〉と決心したことだった。

そんな母は、結核で死にそうになった時も日記を書き続けた。この時期の文字は、大きさが一様ではなく、あえぎながら、やっとやっと這うように進んでいる。今にも消えそうな命の残り火を、掻き熾こしながら、必死になって書いた日記だった。

養父のトマスは、口頭でも、遺言状でも、実父の素性を一切明かさないままこの世を去った。

〈せっかくロシア語まで学んだのに、父は最後まで実父について教えてくれなかった〉

これまで春絵はトマスを恨んでいた。

しかし、母の日記を読み終えた今では、そんなわだかまりは煙のように消え去った。日記には、実父はもちろん、実母のことも詳細に記されていた。


春絵の年末は、がらりと変わった。毎年やっている大掃除も、友人との忘年会も、すっかり頭から消えていた。どれもこれも、実母の前では無価値なものにすぎなかった。

すぐに主治医に面会すると、心の底から礼を言った。

「母の命を守ってくださり、なんとお礼を申し上げてよいのか分かりません。おかげさまで、生きているうちに会えました」

それからナースステーションに行くと、担当看護師に頭を下げた。

「これまで、母のお世話をしてくださり、本当に感謝しております。これからは、私も付き添いますので、よろしくお願いいたします」

その日から連日、彼女は母に付き添った。夜は母の横で、病院から借りた補助ベッドで眠り、朝目覚めると、少しの間だけ自宅に帰った。簡単な食事を済ませ、シャワーを浴び、着替えをすると、病院に飛んで戻った。

母の枕元で、日記を読みながら語り掛けた。藤田美和子に対してではなく、五十四年ぶりに会った実母に対して話し続けた。

家庭での養父母の様子、中学校、高校、大学に通っていた頃の話、会社での失敗談や裏話など、これまで話していない話題ばかりを選んだ。これからどれだけ生きられるか分からないが、母が息をしている限りは話し続ける覚悟だった。

年が変わり、新世紀の朝を迎えた。

春絵は病室で、ベッドの横で眠り、母と一緒に年を越した。洗面所から戻ってくると、ベッドの傍らに座って、いつもとおりに話し掛けた。

「お母さん、とうとう二十一世紀になったよ。私とお母さんは、二十世紀から二十一世紀へ変わる瞬間を、ここで一緒に迎えたんだよ」

「お父さんは、西洋のおとぎ話に出てくる王子さま。……これを読んで、私、笑っちゃった。お母さんは、意外と乙女チックなんだね。だけど私も、お父さんに会いたかったな。私、こんどピレオ村に行って、お父さんのルーツを探そうと思っているの。おじいちゃんとおばあちゃんはもういないだろうけど、マリアには会えるかもしれないでしょ。ロシア語を勉強してよかったよ」

「私が嬉しかったのは、お母さんが、私の父親と愛し合っていたことなの。……終戦の混乱時に女の人が、乱暴された結果、望まない出産をした。こんな話を前に読んだことがあるけど、お母さんは、これと違っていたでしょ。二人の男女が愛し合って生まれた子供。それが私で、本当によかった」

「お母さん、知っていた？　ベーカー商会では、お母さんのこと、女帝ミワコと呼んでいたんだよ。デニソフさんも、怖がっていた。日記を読んで、昔のあだ名を知った時、わたし、やっぱりなー、と思ったの。じょっぱりお雛さまだなんて、お母さんにぴったりなんですもの。そういえば、中古車とスパイクタイヤの話をする時、お母さんは恐ろしい顔で、私に言ったよね。……それは、だめ。絶対に春絵さんの口から社長に話すこと、って。あれが、じょっぱりお雛さまの顔だったんだね」

「お母さんは、私がずっと独身だったこと、気にしていたんだね。……実はね、副社長に昇進することが決まった時、一年くらい付き合っていた男から、プロポーズされたの。私が、現在の両親は養父母で、実の両親がどこの誰なのか分からない、と正直に打ち明けると、一週間くらいして、突然彼のほうから、別れ話を持ち出してきた。その時私は、もう誰とも結婚しないで会社と結婚する、と決心したんだよ。だけど、残念だったなー。その時、お母さんの日記を読んでいたら、その男に向かって、私の実母の愛情に比べると、あなたの愛はゴミみたいなもの。……こう言ってやれたのになー」

「だけど、お母さんはすごいね。五十年以上も娘のことを見守るなんて、なかなかできないことだよ。これなら、二人一緒に暮らしていたのと同じだよ。……いや、同じじゃないな。一緒に暮らしていても、娘のことを気に掛けない母親もいるからね。本当にありがとね。私はこれっぽっちもお母さんのことを恨んでいないから、安心して」


その時、美和子のまぶたがぴくぴくと震えると、ふっと目が開いた。何かを追い求めるかのように、視線を彷徨わせた。

春絵は驚いて、反射的にナースコールのボタンに指を伸ばした。しかし、母がこちらに右手を差し出したので、ボタンを押さずに母の手を握り締めた。

母は娘の顔を見ると、口から隙間風に似た声を発した。声は小さかったが、唇の形を見ると、「は、る、え」と言っていることは明らかだった。

春絵は幼い子供みたいに、おいおいと泣きながら「お母さん、春絵です。お母さん、春絵です」と何度も繰り返し、母の手を強く握り締めた。

母は頷くと、微かな力を込めて、手を握り返してくれた。こちらに向けられた眼差しが「分かっているよ」と言っている。満ち足りた笑みを浮かべると、再び目を閉じた。

母の左手が毛布から現れ、ベッドの横にだらりと落ちた。ロザリオが掌から滑り落ちると、床に当たってこつんと音をたてた。ヤレックが「ミワコ、モウ、ジュウブンダヨ」と言って、妻のために天国の扉を開ける音だった。

カーテンの隙間から、初日が美和子の顔に射し込むと、彼女の顔がばら色に輝いた。

その顔は死に行く人間の顔ではなかった。明日の目覚めを微塵も疑っていない生者の顔だった。新たな国で、ヤレックと手を携え、二人だけの人生を歩み出そうとしている。

人間がこんなに安らかな顔を見せられることを、春絵は今日初めて知った。彼女はロザリオを拾おうともせず、母の胸にすがって、いつまでも泣き続けた。


〈了〉

編集部註／作品中に一部差別用語とされている表現が含まれていますが、作品の舞台となる時代を忠実に描写するために敢えて使用しております。

参考資料

『三船はなぜ攻撃されたのか　―スターリンと北海道占領作戦―』相原秀起　北海道新聞朝刊（平成十六年八月七日~八月十二日）
『悲劇の泰東丸　―樺太終戦と引揚三船の最後―』大西雄三　みやま書房（昭和五十九年）
『樺太一九四五年夏　―樺太終戦記録―』金子俊男　講談社（一九七二年）
『戦争の話を聞かせてくれませんか』佐賀純一　新潮文庫（平成十七年）
『第二新興丸の遭難と留萌の町の人々　―三船殉難事件とマチの救援活動―』矢野牧夫　樺太豊原会会誌「鈴谷」第二十二号、一〇三~一二六（二〇〇六年）
『樺太へ、樺太師範学校へ』山田恵子　新風舎（二〇〇三年）

【著者略歴】

蛍　ヒカル（ほたる　ひかる）

1945年10月1日北海道で生まれ、小学校2年生から高校3年生までを留萌市で過ごす。中学生の時、樺太からの引き揚げ船が魚雷攻撃を受けた話を当時の目撃者から聞き、この話を道外の人たちにも知らせたいと思う。高卒後、北海道大学に入学し、同大大学院博士課程理学研究科修了後、旭川医科大学に化学教員として勤務（理学博士）。この間、蛍光に関する研究論文を、アメリカの学会誌などに多数発表。2011年定年退職し、単身沖縄で執筆に励む。2012年、「桃源の島」で第三十六回北海道文学賞大賞を受賞する。

2017年、「八月のイコン」を出版。

日記《にっき》

2018年8月15日　第1刷発行

著　者 — 蛍《ほたる》 ヒカル

発行者 — 佐藤　聡

発行所 — 株式会社 郁朋社《いくほうしゃ》

〒101-0061　東京都千代田区神田三崎町2-20-4
電　話　03（3234）8923（代表）
ＦＡＸ　03（3234）3948
振　替　00160-5-100328

印刷·製本 — 日本ハイコム株式会社

落丁、乱丁本はお取り替え致します。

郁朋社ホームページアドレス　http://www.ikuhousha.com
この本に関するご意見・ご感想をメールでお寄せいただく際は、
comment@ikuhousha.com までお願い致します。

 ISBN978-4-87302-675-6 C0093